KB056107

토요일 한국학교

모악시인선 9

# 토요일 한국학교

## 강남옥

모악

ⓒ 권종현

시인의 말

남들 전(廛) 걷는 노을 파장에
어리숙한 전 펴는 까닭은
버려질 뻔 했던 이 가엾은 시편들을
태 묻었던 곳에서 살라주려는
내 시인 된 도리로서의 긍휼 때문이다.

2017년 11월
미국 펜실베이니아 주, 킹 오브 프러시아에서
강남옥

# 차례

## 3부 보헤미안 랩소디

# 1부

호모 코메리카니쿠스, 그들은

# 승부

엘리베이터 앞집에는 인도사람이 산다
끼니 때 풍기는 카레냄새 복도에 고여 있다
가면 같이 한결같은 표정, 속을 알 수 없는 백인
어깨 들썩이며 냄새 좋다, 인사하더니
어느 날부터 보이지 않는다
감정 표현 풍부한 한국인 나는 코를 벌름대며 찡그리고
메이드 인 유에스에이 딸아이는 고개 숙인 채 날 흘겨 본
다
향기로운 식탁이 어떤 겐지 내 한 수 가르쳐주마
사도의 긍지 각오 결연해지며
지그시 물린 어금니 사이 침 고인다
비닐에 싸인 청국장 만지작거리다가
돼지목살 먹기 좋게 썰어 참기름에 따글따글
묵은지 넣고 푸지게 한 냄비 끓일 동안
딸아이가 엄동에 문이란 문 활짝 다 연다
조만간 누군가 흔적 없이 사라질 것이다

# 귀가

뉴욕 출장 중인 동생 주말에 만난다, 맨해튼
타임 스퀘어 네온 불빛 아래 우리
남매는 단 둘이다, 로 정리하고
밑줄 친다

누나 집 내려와 집 밥 한 끼 먹고
시차 웅덩이 깊은 도시로 돌아가는 동생을
프린스턴이나 해밀턴 같은
외국 이름의 기차역에서 배웅하노라면
ㄷ.ㅣ.ㅇ.ㅏ.ㅅ.ㅡ.ㅍ.ㅗ.ㄹ.ㅏ.
자모음 한 획 한 획
맨 목덜미에 따갑게 문신된다

디아스포라, 를 나는
아슴포레 사라지는 것들 붙들 수 없어, 그저
아! 슬포라!
한숨짓는 탄식으로 독해한다

기차 떠나고
목덜미 붉어진 나는
플랫폼 난간 안전선 밖으로 위리안치(圍籬安置) 된다

바빌론 강물이 범람하도록 울어도
물 밀어오지 않는 사라진 날들의 잔해처럼
아무리 좋은 세상도 달래지 못하는 것은 넘친다

히브리 노예들의 합창 들으며 적소(謫所)에 타는 일몰 속
나와 동생은 각자
귀가 중이다
돌아가야 하는 곳이 다른
닮은 것들 사이의 거리를 밀어내며 저녁이
닮은 것들의 윤곽을 지우며 어둠이
오고 있다

더듬어 만져볼 수 없는 비애 때문에
달이 뜬다

# 호모 코메리카니쿠스, 그들은

　장시간 비행 직후 열두세 시간의 시차까지 업고 노동집
약적 근로에 충실하며 자녀 교육을 이민의 주요인으로 내
세우나 일부 호모 아메리카니쿠스들은 돈벌이를 위장한 슬
로건이라 지적함

　강력한 절세(節稅) 추구로 납세 의무에는 다소 부정직하
거나 게으르며-물론 그들만의 특징은 아님-이민(移民)은
기민(飢民)에서 출발한다는 정의를 불쾌하게 받아들이는
경향이 있음

　1970년대부터 2000년대까지 놀랄만한 유입이 이루어진
후 안정적인 이동 수치를 보이며 현지 적응력은 괄목할만함

　특정 종교의 예배처와 한국 식품점이라는 사교단체로 결
속되어 있으나 주거지는 코레아 남해의 섬처럼 흩어져 있는
데 이는 특정 피부색의 인종 밀집 주거지로 깊이깊이 숨어
드는 경향 때문으로 파악됨

　예수를 못 박으라고 로마총독에게 시위했던 유태인들처
럼 기존 호모 아메리카니쿠스 소사이어티에 형제자매를 상
호 고발하고 유태인들로 롤 모델 삼기를 즐겨하며 민족 정

16

체성, 주류사회 진출, 2세 교육 등의 어휘들이 한국어 신문 1면에서 자주 목격되나 2세들의 모국어 운용 능력은 성장에 비례해 몽고반점처럼 옅어져 가고 있는 중임

사농공상이란 계급적 인식과 한때 강경했던 쇄국의 질긴 유전자는 그들 원형질 속에 유교적 특성으로 남아 있으며 세대 간 갈등은 내부적으로 곪아 있으나 1.5세대의 퇴진 후에는 자연 치유될 것으로 예측되는 바, 갈등으로 인한 부스럼 딱지가 벗겨지고 나면 나이테처럼 아름다운 흉터는 관광명소화 될 것으로 기대를 모으고 있음

우랄 알타이어계
F, V, TH, Z 발음에 취약하고 요 긴급 시 'Ssibhal'이라는 한국어 고유명사를 포도 씨 뱉어내듯 발음하는 특징적 습관을 가진 호모 코메리카니쿠스들이 가끔 목격됨

최근 있었던 코레아 국가원수의 아메리카 방문 기념만찬 같은 행사에 선별적으로 초대된 인사들에 대한 투기와 선망이 존재하며 이는 호모 코메리카니쿠스 커뮤니티의 고속 성장에 따른 부작용의 하나로 신분적 허영 추구에 기인함

먼 옛날 파월장병 위문공연 때처럼 호모 코메리카니쿠스 커뮤니티를 방문하는 코레아의 셀러버리티들은 그들을 종종 흥분의 도가니 떼창으로 몰아넣기도 하는데 그들은 국가원수, 국회의원, 고급 관료, 추기경, 한국어 관련 학자, 치유 은사가 있는 종교인, 식스 팩 소유 아이돌, 7080 싱어송라이터 군단들로 이루어짐

　코레아와 아메리카 양국의 제도적 장단점을 대(對) 약자 관계에 선택적으로 적용하는 기준은 경제적 이윤 창출 정도에 따른 것으로 관련 공공 지침 부재는 호모 코메리카니쿠스 커뮤니티 내부 분열의 원인에 불과하며 점진적으로 아메리카노 지침이 확산 적용되면 코레아노 체계는 설 자리를 잃어갈 것임은 호모 제페나메리카니쿠스, 호모 차이나메리카니쿠스, 호모 필리피노메리카니쿠스, 호모 베트나메리카니쿠스 등의 동아시아 계에서 공통적으로 나타난 현상으로 유추 가능함

　끝으로 호모 아시아메리카니쿠스 계에서 호모 코메리카니쿠스를 구분해 낼 수 있는 확실하고 간단한 방법 하나, 허기질 무렵에 사용하면 매우 효과적이라는 힌트와 함께 소개하자면, 빵+샐러드+미디움 던 스테이크 세트와 라이

18

스+붉은 김치+부글부글 끓는 된장스튜 세트 메뉴를 줘보라는 것임

# God Bless America

21세기 팍스 아메리카나 시민인 나
미국만 팔아먹지 않으면
십자가에 못 박힐 일은 없을 테지

미국 현충일 아침 미사 꼭 나 같은 인간
한 시간 일찍 와 노리짱한 동양 여자한테
어리둥절 영문 묻는 미국 사람
고향 까마귀 같아 실실 웃어준다

God bless America, land that I love
겨우 따라 잡는 축복
전쟁 나간 '우리 군인'들 위해 올리는 기도
하이네켄 수퍼볼에 목매는 미군들 대신
월남에서 돌아온 새카만 김 상사
맹호부대 아제 시푸른 군복만 떠오른다

동네 다른 데 없고 애 다른 데 없다는 세상
눈 벌개져 차 문 여는 내게
정수리 허연 미국 할머니
"Oh honey, you gonna be OK……"
껴안고 한참 등 두드린다

본토박이 아무도 울지 않은 메모리얼 데이
아침 미사
한 시간이나 일찍 가 무릎 꿇고
이 세상 근심 염려
홀랑 다 뺏기고 빤스 바람에 두 손 든
저 예수 아제와 단 둘이 나눠 져 보겠다고
철퍼덕 거룩히 엎드린
중늙은 동양 여자

오오 축복이여
God Bless America, my home sweet home
꺽꺽 울며 오월 마지막 햇빛 달아오르던
아침

# 필라델피아

이곳을 우리는
우정과 사랑, 자유와 정의의 도시라고
프렌들리하게 소개하는 나이스한 버릇이 있다
이 좋은 곳을

떠날 날만 꼽고 있는 이
들어올 날만 꼽고 있는 이
꿈에 볼까 두렵다는 이
자유의 종을, 시청 꼭대기 윌리엄 펜 동상을, 톰 행크스
의 '필라델피아'를, 게이 바를
서재필과 20세기 초 그가 문방구를 했다는 골목과
삼일천하와 피 튀는 갑신년의 얼어붙은 밤까지 기억하는
오지랖이 대서양 같은
이도 있다

다 떨어진 군화 신은 조지 워싱턴 졸개들 개선행진 하던
마켓 거리
빌딩들 타고 내려온 날바람 고스란히 맞으며
좌판에 가발과 가방 얹어 놓고 호객하는 한국 남자도 보
이고
번화가 뒤안길 들앉은 골목 세탁소 치맛단 꿰매는 한국

22

여자도 보이고
　이민 생활 십 년 만에 나갔던 한국,
　이장하고 들어온 아버지 납골당을 추억하는 그들의 심
사도 보이고
　이 동네 번화가 빌딩 안 어디쯤 만들어지는 맥주가게 단
속법 입법 저지를 위해
　흑인 밀집 가(街) 어귀 맥주 파는 한국 사람들 서명 받으
러 다니는 것도 보인다

　그래, 사는 일 맨얼굴에 살바람 맞는 일이라면
　시 쓰는 일 코트 깃으로 얼굴 가리고 살바람 헤쳐 걷는
일은 적어도 되어야지
　분위기 사뭇 불편하던 와중 음무하하핫!
　이 도시 몇 안 되는 스님 한 분 농 중에 이 도시를 명쾌
하게 정의했다

　'필라다 덜 핀 아그'랑께~

　봉오리 채 시드는 꽃 어디 필라델피아에만 있겠는가만

# 주 뉴욕 대한민국 총영사관*

맨해튼 이스트 리버(East River) 물에 잠긴 돌 축대
녹두색 카핏 같은 물이끼 융숭하다
뉴요커들의 희망 같이 느린 평화 철썩인다
인천 내려 서울 갈 때 내 옆구리 적시며
끝까지 함께 뛰던 장한 한강 그립다

푸른 하늘 무등 태운 맨해튼 구름들
주 뉴욕 대한민국 총영사관 옥탑방에 세 들어 살고
행랑채 옆 즐비한 일본 주막 이태리 밥집 터키 찻집들
대한민국 종택 음덕 쏠쏠히 본다

일제시대 보통학교 다녔던
이민 반세기 살만한 미국 시민 노부부
새로 지은 주 뉴욕 대한민국 총영사관
명패도 벽도 출입문도 쓸어본다
움집 행랑채 월세 전세 곤궁하던 청춘도
로우 하우스 트윈 하우스 입에 단내 나던 중장년도
여백 많은 싱글 하우스 요족한 노년도
눈가에 이슬 내린 노부부 손사래 애교 뒤로 숨을 때
주 뉴욕 대한민국 총영사관 수수한 청동 명패는
인물 좋은 청백리 단단한 가슴에 빛나는

훈장 같다

주 뉴욕 대한민국 총영사관은
은빛 나는 미색 빌딩 완장 찬 관공서
세상에서 가장 비싼 땅 목 좋은 부동산
그러나 누가 뭐래도
일본어 아직 유창한 노부부 명치에 걸린
오래 잊었던 종택 사당 삭은 문
그 문 때리며 드나들던 날바람의 기억
나이 들수록 선명해지는 선친들 세상 살던 때의 수고
그 서늘한 유산이다

* 제15회 재외동포문학상(2013년) 수상작

25

# 때

이십 년 넘은 미국 살이 친정 나들이
꼭 해야 하는 일 삼대구년 만에
공중목욕탕 가서 때 벗기는 일
빨간 이태리타월 복싱 글러브처럼 양손에 낀 세신원
전의 불태우며
미국 때와 한 판 붙으려 젖은 링에 올랐다

먼 옛날 내 김포 떠날 때는 때밀이라 했는데
그래 부르면 경친데이, 이제 서로 등 밀어주는 것도 촌스
럽데이
친정 어무이 일러주시네

내 가던 약수탕, 아직도 노처녀인지 물어보지 못한
돈 받는 언니 내 갸웃갸웃 쳐다보다
똑 같다 하나도 안 변했네 서로 거짓말
목욕비 못 받는다 돈 던지고 서로 지랄

세신원 아줌마 헉헉댄다, KO 승 눈앞에 있다
한 번에 다 못 벗긴다고
어찌 알았는지 혹시 미국서 왔냐고
돌려 밀고 눕혀 밀고 엎드려 놓고 밀어도

하나도 안 부끄럽다
하루걸러 또 벗겼다 껍질 다 벗긴대도
하나도 안 아프다

빨랫감만 보태고 떠난 객처럼 내 가고 나면
팔순 노모 석양 아래 그 빨래 개키겠지
밖에서 치인 자식 곤하게 물린 저녁 상
잘박잘박 치우듯
모국 산천 낮은 물들 내 허물 다 씻어 내리겠지

그렇다고 미국 시민이 미국을 어찌 때국이라 하리
'이것은 깨끔허니 죄 없는 물때여~'
뜨건 탕 안에서 첨벙첨벙
가뿐해진 알몸으로 혼자 우긴다

# 성묘

주택가 맞은 편 바이베리 애비뉴.
한국사람들 죽어서도 함께 산다
기침 좀 하더니 연락 뜸하던 친구
내 몸살 나 죽겠다 전화하니 끅끅 웃더만
돌아 들어온 소문 암이라고,
아무리 남 염병보다 내 고뿔 세다 해도
죽는 날까지 부끄러웠던 친구에게
간다

친구 옆 또 친구 다섯 살배기 딸내미도 함께
친정 나간 사이 죽어 장례도 못 갔던 지인
여섯 살배기 아들내미 반갑다

미국 돌에 새긴 한국 이름들
김창수 이의기 박미희 박사라 황형권 박원준 차진수 김
인규
살아서는 Michelle Park이니 John Kim이니
영어로 서명하고 결재했어도
죽어서는 돌에 새긴 또렷한 한국어로
제 이름 덮고 누웠다

28

한국사람 동네에 잘못 들어온 서양사람 몇
폴란드 이탈리아 러시아 아르헨티나
타향살이 인생살이 수고에 겨운 이름들 보인다

돌아 나오며 돌아보고 차 빼 나오며 또 바라본다
친구 묘비 기우뚱한 것 맘에 걸리지만
친구 죽고 남은 애들 푸른 치마폭에 싸안고
한국으로 돌아간 젊었던 아내
연락할 길 없다, 기우뚱한 대로 두는 수밖에

일 년에 한 번 다녀가는 것도
큰 맘 먹지 않고선 제대로 안 되는데
괜찮다 우리 여기 함께 있으니
살아 있는 너희나 우애 깊게 잘 살라고
한국 혼령 남녀노소 그 묘지 어귀에서
우리 멀리 못 간다 손 흔드는 것 본다
바람 많이 분다

# 폭우


필라델피아 낯선 병원 애 낳고 기진해
찬물 한 잔 마시고 빨간 내복 그리워 울며 돌아와
오월 장미 만발한 뒷마당에 신고배 나무 한 그루 심었다


그 배 한 번 못 따먹고 맨발로
필라델피아 어슬렁거리며 돌아다닌 내게
비바람이 가르쳐 준 길 따라 가니 배로 부친 내 책들 도
착도 하기 전
깨끼저고리 들기름 냄새 한국서 온 새댁 전 부치던 옛집
마로니에 골목 큰길 벽엔 거친 주름살 같은 낙서 늘었고
마로니에 이파리 수심 뚝뚝 듣는다


옛집에선 차도르 뒤집어 쓴 젊은 흑인 내외
제집 앞 오래 서성이는 동양 여자 힐끗대며 드나드는데
번지수 잘못 찾았다, 미친 척 비 오는 뒷마당이나 둘러보
고 쫓겨날 걸
포치에 앉아 장대비 보는 흑인 애들 똘망한 눈웃음만 보
고 왔다


이 길로 돌아나가 청도로 달려가면
더 먼 옛집 담장에 걸린 능소화 웃음만이라도 보고 올 수

있을까?

　젖은 경계 너머 고속도로 진입하니
　천둥번개 땅 가르고 하늘 가른다
　갓길에 차 세우고 눈 감으니 언젠가 옛집 될 내 집 가는
길
　물 넘쳐 막혔다는 긴급 뉴스
　우회로에도 큰 나무 쓰러져 집으로 가는 길 점점 더
　멀어지고 있다

　생때같은 실한 장골 쓰러진 듯 큰 나무 앞에 서서
　내가 우는지 비가 긋는지 얼굴 다
　젖는다

## 와일드 와일드 웨스트

셔터 올려라
비밀 번호 입력해라
불 켜고 음악 크게 틀어라
마리화나 끼워 피우는 시가 진열해라
조리대 철판 설설 달궈라
구겨진 지전같이 줄 서 기다리는
해장객들 기다리게 하지 마라

미국 필라델피아 서부 빈민가
이민 십 년 만에 주류 허가 나온
와일드 와일드 웨스트 냉장고
이 동네 빈민들 꿈처럼 싸구려 술병 얼차려로 서 있고
골방 사무실 모니터로 거래하는 손길 감시된다

그 청년은 다혈질이며 한국계였다
불량기 있는 흑인과 다투다 총 쏘아버렸다
온 필라델피아 팥죽 솥처럼 들끓을 때 청년의 아버지
뉴스에 나왔다
"나는 미국 시민입니다, 나는 이곳을 떠나지 않습니다."
이 장면 나가자마자
와일드 와일드 웨스트 전화벨 목쉬도록 운다

"당신은 결코 미국인이 될 수 없어! X까는 소리 집어치
워!"
익명의 거친 목소리
와일드 와일드 웨스트 철제 탁자 흔들었다

몇 명의 한국인이 더 다치거나 죽었다, 언론들은
한—흑 간 갈등의 골 너무 깊다 탄식하던
유난히 한국인이 많이 다친 그 해 겨울
한국 식품점마다 모금함 설치되고
사랑의 칠면조가 몇 백 마리씩 전달됐지만
추수감사절 연휴에도 또 한 명의 한국인 더 죽었다
이 일을 주선한 한국인 목사는
자기 교회는 안 돌보고 너무 정치적이라고
공개적으로 야유만 들었다

와일드 와일드 웨스트 불매 운동 데모대
오십 피트 뒤로 밀려나갈 동안
전대 차고 데모대 바라보는 주인 얼굴엔 표정 없다
데모대 손가락질 뒤로 하고 들어와
"이것은 한—흑 간 갈등이 아닙니다, 우리가 폭설에 갇혔
을 때 우리에게 음식을 판 당신이 우리 이웃이죠, 이것은 음

모입니다."
　말하고 나가는 동네 흑인도 있었다


　겨울 지나면서 얼음장 얇아지듯
　와일드 와일드 웨스트 매상 표 나게 줄어들고
　성공한 백만장자 한국인 한 사람
　친척 명의로 맞은편에 맥주 가게 또 냈다
　상술 밝은 그는 개점 기념 복권을 발행하고
　일등상에 한국산 자동차 한 대 내걸었다
　"제 살 뜯어 먹기 이제는 그만, 누가 우리의 이웃인가?"
　라는 기사로 백만장자를 힐난한
　한국서 갓 온 신문사 기자 이유 없이 해고되고
　신문사 창사 기념파티에 나온 백만장자
　초대받은 필라델피아 시장과 굳게 악수한다


　한밤중 와일드 와일드 웨스트 알람 크게 울었다
　자다 일어난 주인이 도착했을 땐
　지붕 뚫고 들어온 도둑
　현금기 열어놓고 담배 박스 내 간 후였다
　와일드 와일드 웨스트 도난 기사는
　한국 신문 1면에만 호들갑스레 실렸을 뿐

아무도 더 이상 관심 갖지 않았다
슬그머니 헐값에 팔렸다고도 하고
아예 문을 닫아버렸다고도 했다
영주권이 없었다는 해고당한 기자가
먼 도박장에서 개평 뜯더라는 소문도 돌았다

# 뉴욕, 김경미


우리 서른 즈음
김경미는 새벽이 낳아 붉은 잇몸 들여다보며 웃고
내 김포 떠날 때 친정아버지 뒤돌아서서 우셨지

필라델피아서 기차 타고
김경미 수청 들러 쓸쓸히 가는 철로변
내 통학하던 청도-대구 간 다름없다

내 서울 가면 청도 시인 남옥 씨 길이나 잃을까
서울 시인 경미 씨 전화통 대고 삼선교 전철 나가는 구멍
내 말귀 어둔 줄 알고 조근조근 일러주더니

맨해튼서 만난 김경미가 우째,
요기서 조기 가는 길도 머뭇대며 내 어깨에 기대온다
혀 왕창 굴려 아는 길도 김경미 앞에서 한 번 더 묻는다

김경미는 아이오와에 대한민국 대표 시인으로 왔는데
나는 주말 간신히 쪼개 돌아올 걱정 태산 같이 하며
뉴욕 행 기차 탔다

김경미가 뜸 들이다 '시'를 얘기한다

맨해튼 32가 한국식당 이 시린 김치
치통 참듯 지그시 물고 듣는다
'Poem'이라 하지 않구선 뉴욕까지 와서 눈치없게시리
내 다시 Poem 말고 시 쓰면 긴장할 거면서

가슴패기 주질러박힌 듯 그렁그렁 웃는다

# JFK

우리 훗날 건너가
더 훗날 다시 만나자던 그
요르단 강인듯
70년대 명절 단대목에 가던 목욕탕인 듯

한국 소주 까며 끼리끼리
그리운 섬처럼 사는 보통 한국 사람들에게 JFK는
미간 넓은 재클린 케네디의 남편 이름 아니다

치약이나 손톱깎이 모조리 훑어 뺏는 무정한 손
가고픈 곳, 가고 싶지 않은 곳, 바람 많은 눈물의 징검다
리
그 게이트 건너지 않고는 위독한 어머니께
직항으로 갈 수 없는 좁은 문이다

가슴에 넣어온 작은 종 딸랑딸랑 흔들며
미국에게 이리 오너라~ 할 때
낯선 집 앞 우두커니 문 열리기 기다리는
막다른 골목이다

생을 뒤집어 단숨에 돌아가기엔

오래 서성거려야 하는
서성이다 발길 돌려 정글로 돌아가는
미국 동북부 보통 한국 사람들에겐 언제나

Just From Korea

# 가끔은 고열로 앓아야 한다


목이 붓고 머리 아프다
자가 처방 효과를 아는 나는 가끔
고열을 방치한다

어중뜨기로 들뜬 열 도중에 어영부영
중도 속도 아니게 삭혀 내리는
미국식 처방 참 마뜩찮다
사람이 괴롭지 말아야 한다는
대단한 인본주의가 사람 버린다고 믿기 때문이다

니가 이기나 내가 이기나 바이러스하고 내하고 싸워야지
왜 나 대신 약에게 총대 메워주냐 약만 다부지게 만들지

며칠을 앓는다
얼굴 부어오르고 머릿속 성난 바다 출렁일 때
난파당한 내 중년 롤 모델은 망태 메고 사막 헤매던 혜초
쯤 된다
가물가물 지평선 내 손끝에 닿을 때까지
지지직 지지직 쓸 데 없는 기름기 타는 연기
의식 매캐하고 혀 뜨겁다
다 태워야지 도중에 피식,

물 부어 꺼버릴 일 아니다

세상 밥 냄새 역겨울 때까지
마디마디 찌든 골수 녹여 흘려버리고
다 비우고 다 태우고 다 쏟아내면

거추장스럽던 육신 딱지 되어 앉고
나는 알몸의 단단한 유리관 되겠지
차고 맑은 물 받아 치떨며
한줌 쌀 묽은 죽 끓일 동안 창 열고
유리 대롱 속 가볍게 때리고 지나가는 바람의 노래에
몸 내어주리라
대롱 단단할수록
사무치는 고음 아름답겠지

## 송년파티, 1995

한국서는 양복 입는 것 지긋지긋했는데
이제는 양복 입는 날이 좋다는 K 씨
한해 가기 전에 한인회 파티 간다
샤워하고 나왔는데도 어물전하는 수산인협회장 L 씨 곁에는
캘빈 클라인 향수 냄새에 섞인 생선 비린내 안개처럼 스며나고
야채 장사하는 식품협회장 P 씨 손톱 밑은
푸르죽죽한 푸새 것들의 눈물 남아 있다
가게 문 닫고 바로 온 맥주 가게 하는 비어델리협회장 C 씨는
이 파티에 후원할 맥주 싣고 와 부리느라 이마에 아직 땀
흐른다
자리에 앉자마자 시작되는 국민의례
선창자 외 몇 명만 따라 부르는 썰렁한 미국 국가 뒤
중학교 카페테리아를 빌린 행사장 쩡쩡 울리게
낮은 천정 형광등 밑에서 애국가 부른다
주최 측이 준비한 화면은 형광등 때문에 희끄무리해서
무궁화 삼천리 짙푸른 녹음 색 바랜 초록치마 같다
줄줄이 축, 격려사 이어지고
어떤 사람은 벌써 박자 맞춰 고개 떨구며 졸고 있다

한국서 온 가수는 한물 간 뽕짝 가수인데도
지나쳐 간 뒷모습에도 '끼'가 풍기지만
다 물 건너간 소리다, 너나 나나 먹고 살자 하는 짓
얼굴 불콰한 것이 한 잔 하고 무대 오르나 했더니
고음처리 되지 않아 그랬나, 격려 박수 물개 박수다
시장 대신 나온 시청 직원은 1분도 안 되는 축사를 하고
한인회장이 밥 먹고 가라 붙들었는데 그냥 갔다
여기저기 플래시 터지고, 이런 자리에 꼭 있는
남의 탁자 사이 돌아다니는 오지랖, 서로 소송 걸려
멀찍이 앉아 곁눈질 하는 이웃사촌, 파티장이
어항 같다 바다를 본떠 수초 사이 거니는 물고기들 가둬
놓은, 파티장이
분재 같다 낙락장송은 낙락장송인데 화분에 담긴 작은
솔, 파티장이
조잡한 소꿉 세트 같다 여기저기 나사 빠져 애 다칠 것 같
은
그래도 여기서 판검사도 나오고 장군도 나오고 의사도 나
온다
한국행 비행기표 걸린 복권 추첨 때문에
눈 벌겋게 꿈뻑꿈뻑 졸며 앉아 기다리는 사람들 사이

# 걷다

밀양군 부북면 수더분한 민가 뒤란
칸나 금낭화 옥매화 분꽃 다 지고
살구나무 아래 묻은 장독
홍시가 붉은 주스 되던 섣달
걸어 나왔다

유천 신거 원동 청도 대구 지나 통금에 막혔다, 충청도 옥
천
경찰서 긴 나무 의자에 곤한 잠 걸어놓고 내려가
광주 금남로 고기집서 피로 물든 늦은 점심
서울 올라와 마포서 저녁, 이차 간 삼선교서 에라, 고주망
태
대전 수원 들르느라 며칠 더 걸었고
김포 가는 도중 호텔에 들었다 이튿날 또 걸었지
더는 걸을 수 없을 때까지, 오직 걸었을 뿐인데
한 잠 자고 일어나니 머리와 눈썹 하얗게 세어 있다

대체 누구일까? 내 뺨을 때린 인간은?

미국 필라델피아 다운타운 14가 마켓 스트릿
몹시 허기졌고

푸드 트럭에서 치즈 스테이크 하나 샀다
자유의 종 멀리 보이는 뜨거운 벤치에 앉아
빵과 고기와 양파와 토마토
녹아 새나오는 치즈와 상추 켜켜
한 번에 잘라먹겠다고 깔깔한 입 크게 벌렸을 때다
얼마를 걸어왔는지 거지꼴 된 여자 하나
맞은 편 그늘 아래 때꾼한 눈 쪼그리고
컴컴한 여자 입 속 들여다본다, 그 여자
낯은 익은데 아는 체 못했다

일어나 등 돌려 걸어가는 그 여자 어깨 위로
창 끝 같은 빛 파편 내리꽂힌다
치즈 스테이크 반도 못 먹고 버리고
보도블록 익어가는 삼복의 다운타운
자유의 종 바라보며 여자,
그 여자 뒤따라 찡그린 채 걷고 있다

# David 뎐

　제3공화국 유신정부 말년에 성덕이 넓으시사 서울에 한 곤궁한 부부가 살았으니 후기의 부모라. 일찍이 상경하여 발바씸하며 살았으나 가솔 건사 심히 어렵던 중 후기와 준기 쌍둥이까지 생산했더라. 요순의 태평시절은 못 된다 할지라도 수출주도형 경제 전략으로 산업이 육성된 바, 후기의 부모는 후기를 미국으로 수출하였더라.

　생후 석 달 만에 미국 펜실베이니아 주 앵글로색슨 계 자손 귀한 집으로 입양된 후기는 David란 양명(洋名)을 얻어 양인(洋人) 부모의 한여름 각중에 쏟아지는 소나기 같은 사랑 듬뿍 받으며 자라났더라. David 나이 열둘, 거시기에 털날 때쯤 "엄니 아부지와 나는 왜 피부색이 다르오?" 물으매, 이 양인 부모 솔직담백하게 David의 한국 이름이 적힌 입양 문서와 돌복을 보여주며 자식 수입 약사를 들려준 즉, 일월성신이 도우사 티 없이 자란 David가 사실을 받아들이고도 이후 한 점 방황 없이 더 자라 헌헌장부 되었더라.

　David 나이 서른이 넘도록 대한민국을 몰랐더니 어느 날 내 근본이 어딜까 몹시 궁금하였으나 아쉬울 것 없는 미국 인텔리겐차의 바쁘고 보람 있는 삶 이대로 족하다 생각하기로 작정했더라. 또 어느 날 자다 벌떡 일어난 David가 인터넷을 뒤져 별 기대감 없이 자신을 수출한 업체에 편지 한 장을 쓴 즉, 일주일 만에 답장을 받은지라. 친자 확인 절차 따위 당치도 않도록 쌍둥이 형의 결혼사진 한 장이 모든 것을 증명한 바, David가 자는 아내를 흔들며 "보소 허니, 내가 생부모를 찾았소" 하였으되 곤한 아내 눈을 게슴츠레 뜨고 "보소 달링, 알러뷰, 유노, 낼 아침에 이약합세" 잠결에 잠꼬대 하였더라. 잠이 올 리 만무한 David가 양인 아버지께 이메일 한즉, 신새벽에 답장 보낸 양인 아버지 가라사대 "Oh my boy 진심으로 축하한다, 네 형이란 이 사람 좀 보소, 헤어스탈에 안경까지 똑 같구마. 그래도 잠은 좀 자소" 했더라.

David가 수출입국 대한민국으로 날아간지라. 미국인 David가 남자가 울면 안 된다고 누구한테 배웠는지 궁금토록 David 대신 서양 여자 아내만 눈이 퉁퉁 붓도록 운지라. 채식주의자 David는 생부모가 개고기를 대접할까 몹시 두려워 "당신들도 개고기를 먹느냐?"고 물은 것이 첫 일성이었다더라.

대한민국을 다녀온 David와 그 아내는 한국어를 배우고 한국 음식을 해 먹으며 태평성대를 즐긴지라. David 수출업체에서 이 희소가치 있는 일로 언론 인터뷰를 권하매 기쁜 마음으로 응하려 했으나 한국의 부모 형제들이 적극 만류한지라. David 부부가 어느 날 한국어 선생에게 말하기를 "코리언들은 비밀을 좋아한다" 하였더라. 또 어느 날 한국어 선생이 묻기를 "그래도 누가 진정한 당신의 부모요?" 하였더니 "오우 노우! 물론 펜실베이니아의 양인 부모"라 대답하였더라.

까딱 늦었으면 연로하신 생부모를 못 만났을지도 몰랐을 텐데, 일이 이리 되었으니 어찌 아니 좋을쏜가. David의 생부모는 곤궁하였으나 자손들이 일가를 이루어 수출입국 대한민국의 요족한 중산층 되어 궁기를 다 벗으니 자자손손 한미동맹 동락하며 만세유전할지라.

# 우리 모였다 흩어질 때, 정용철 형에게

우리 모였다 흩어질 때 새벽이었다
시애틀 찬비에 머리 다 젖었던 우리
검은 코트에 무거운 수트케이스 끌고
간이매점서 커피 나눠 마셨다
못마땅했던 회의였지만
흑발에 노란 얼굴 우리뿐이어서
걸어가는 뒷모습 맘에 몹시 걸렸다
우리 여기 꽃씨 뿌려 꽃 피기 기다리듯
한국 종자 씨 뿌린 땅에 물 주자 모였는데
우리 여기 낯선 땅에 내린 뿌리 들뜨지 말라고
음력 이월 보리밭 밟듯 땅 다지자 모였는데
모자라는 시간 기어이 잘라 거름 만들자 모였는데
그래 좀 못마땅해도 참자 싶었는데
검색 벨트 앞에서 구두 벗은 채 날 기다려주던
타코마 공항에서 딱 한 사람
장독 묻어 김장 김치 먹던 한국사람
우리 모였다 흩어질 때 그때 새벽이었다
시애틀 겨울비에 머리 다 젖었던
그래도 희망 있던 새벽이었다

## 토요일 한국학교

일주일에 고작
세 시간 하는 우리, 토요일 한국학교
빠진 이처럼 몇은 결석
띄어쓰기 다 틀린 작문같이 몇은 지각
"썽생님, 소쩍새가 모하는 거야?"
고급반 한국어 시간 미당의 시 한 수 도전하다 접는다

왼손으로 한국어를 쓰는 아이들
책을 말아 머리통 쥐어박으면
"It's illegal 썽쌤님"
농담까지 한다

진달래꽃 번역 숙제 검사하다
웃다 웃다 눈물 철철 흘린다

'너가 나 다 쓰고 피곤해서 버리면
(나 보기가 역겨워 가실 때에는)
나가 너가 가는 길에 꼬츨 깔을 거야
(진달래꽃 가시는 걸음걸음 뿌리오리다)
고걸 살살 밟고 가
(사뿐히 즈려 밟고 가시옵소서)'

소월도 이 번역 읽어본다면
나처럼 웃다 웃다 눈물 철철 흘리며 이 녀석들
품에 안을 것이라 믿는다

어쩌다 한국 나가 한 달만 있다 와도
종달새 노래 배우듯 한국말이 느는데
축구도 수영도 파티도 하고 싶은
금쪽같은 토요일
아침은 굶어도 숙제는 챙겨 실려 오는 아이들

네 뿌리를 알아라! 상투적인 칠판 탕탕 치는 대신
그냥 안아준다

화분에 물 주듯 몇 년 같이 뒹굴었더니
철자법 다짜고짜 다 틀린 카드도 건네주고
*"썽생님, 나 누구게?"*
일찌감치 방귀 트듯 선생한테 말 트며
뒤에서 슬쩍 가린 눈 풀고 지긋이
날 안아주기도 한다

# 꿈은 유쾌해

주말 한국학교 학예발표회
꿈꾸는 사람 분장하고 왜 그 사람 되고픈가 한국어로 말
하기


과학자 되고 싶단, 외교관 되고 싶단 아이
과학자란, 외교관이란, 그 어려운 한국어를 다 알다니 기특!
미국 국방장관 되어 한국 돕고 싶단 아이 분위기 좀 민망
주한미군이니 국제정세는 모를 나인데 어쨌거나!
2044년 선거에 나가 미국 대통령 되고 싶다는 아이 많이
들던 소리지만
연도까지 밝히는 성실한 구체성에 진부함 절반 묻히고 그
럭저럭!
사라 장 같은 바이올리니스트 되기 위해 *먼저*
필라델피아 오케스트라 수석 바이올리니스트 되고 싶단
아이 엄마 옆구리
열심히 외웠네…… 욕봤다…… 옆자리 엄마
쿡쿡 찌른다
얼룩무늬 군복에 베레모, 검은 선글라스에 군화까지
그럴싸한 장난감 총으로 엄마들 겨누며 입으로 두두두두
소리치며 뛰어나와 무대 한 바퀴 돌기부터 하는 아이
엄마들 서로 때리고 쥐어박고 대박난다


54

*충성! 쥐는요! 어…… 조롭하고 나면! 군인 되고쑵찌마립*
니다, *because, 왜냐면요……*
아이, 선생 멀뚱멀뚱 쳐다볼 때 한 번 더 대박!
무대 옆 손나팔 벌린 여선생 목에 핏대 훤히 다 보인다
아이 다리 척! 갖다 붙이고 거수경례
*싸우고 싶어서요!*
박수소리 웃음소리 폭죽처럼 터진다
아니, 나쁜 놈들과 싸우고 싶단 말이야, '나쁜 놈들과'를
빼먹었어, 젤 중요한 걸……
군인 엄마 해몽에 진땀 흘리고


우리 모두 더 유쾌해진다

# 공존

그는
독립투사도 파월장병도 종군기자도
전투경찰도 북한 이탈 주민도 특전사 요원도
비밀경찰도 깡패도 그린베레도 아니지만
몸속에 총알을 모시고 산다

그 총알 어디 박혔는지 나는 정확히 모르지만
심장 가까운 곳일수록 더 극적일 것이다

그가 몸이 찌부드드하다 하면 반드시 비 온다고
그노무 총알 때문이라고
미국만 안 왔어도 총 맞을 일 없었을 거라고
그의 아내가 말했을 때
비가 오고 있었다
그의 얼굴이 너무 부어 속상한다 했고
창 밖에선 늦은 저녁이 중얼대고 있었으므로
아무 말 하지 않았다

옛날 백범 김구 선생은
몸속에 박힌 총알 때문에 손이 떨려 붓글씨가 삐뚤빼뚤
했다고 한다

우리는 말없이 차만 마셨지만
연봉을 준다 해도 붓글씨 쓸 일이란 도무지 없지만
애지중지 받들고 살아도 불뚝거리는 무엇 한두 개쯤
내 몸속에도 그녀의 몸속에도 박혀 있다는 것
죽기 전엔 빠지지 않을 한몸이라는 것 안다

김구 선생이나 그 부부나 나나 죽어 백골 되면
흩어진 갈비뼈 사이 녹슨 총알이나 대못 몇 개
흩어져 있기는 매일반일 것이다
누구라도 한몸인 줄 알아보고 거둬야 할 텐데, 싫다가도
그것도 모르면 사람 아니라는 믿음에
안심해버리고 만다

# 그 남자

마누라 돈 벌러 가고 두 아들 학교 가고
그 남자 혼자 남아 집을 보다가
라라 라라 라라 라라라, 라라라라 라라라라……
엘리제를 위하여 첫 소절만
하염없이 치다 치다 세월 가면
지금 그 사람 이름은 잊었지만 그 눈동자 입술은 내 가슴
에 있네
가라오케 틀어놓고 박인환을
부르다 부르다 세월 가면
날 좋은 날 블라인드 사이로
담배 연기처럼 빨려나오는 훤칠한 그 남자
멀룬과 다크 그레이의 조화는 참 멋지지 않은가!
마누라가 숨겨 놓은 자동차 키를 찾네
중절모가 저렇게도 잘 어울리다니
에드워드 호퍼*씨 주유소**에서 기름 넣고
셜리에 관한 모든 것*** 알고과 만나러 가기 전
만만찮은 셜리, 맨 정신으로는 대적할 수 없어
펍 레스토랑에 들어가 맥주 마시네
등 뒤로 흑인 한 사람 다가와 헤이 브라더, 부르네
흑인 술값 내 주고 한국식당으로 가네
안주 따위 손대지 않고 묵묵히 혼자 술 마시는

군계일학 그 남자

다운타운 노점 해서 돈 모은 사람 이야기

세탁소 팔고 잡화점 보러 다니는 이야기

바람 난 목사 이야기 껑충 오른 채소 값 이야기

조선이 망한 것이 1896년, 아관파천 땐데,

그 남자 저음으로 환풍기처럼 끼어드네

한국 남자들 비죽비죽 웃으며 예예, 대답해주네

식당 주인 그 남자 마누라에게 전화하네

마누라도 어지간히 인물 좋은 여자

젊었을 땐 한 쌍의 홍학이었겠네, 그 남자

딴 데 쳐다보는 마누라 허청허청 따라 가네

이후 일은 나도 모르네

라라 라라 라라 라라라, 라라라라 라라라라……

지금 그 사람 이름은 잊었지만 그 눈동자 입술은 내 가슴
에 있네


* 에드워드 호퍼(Edward Hopper, 1882년 7월 22일~1967년 5월 15일),
미국 사실주의 화가.
** 「주유소」, 에드워드 호퍼, 1940, 캔버스에 유채, 66.7×102.2cm, 뉴욕
현대미술관.
*** 오스트리아 감독 구스타브 도이치의 영화. 원제는 「Shirley : Vision of
Reality」.에드워드 호퍼의 작품 13편을 소재로 1930년대~60년대의 미국
사회를 보여줌.

## 필라델피아에 산다

코 흘리고 상 받고 매 맞고 초경 치르며
주먹 불끈 쥔 반공 웅변대회
청도역으로 열차가 들어오고 있었다
복사꽃 그늘에게 하우 아유 두잉?
패망 월남에서 도망 나온 그 여학생
내 자매였으면, 싶었다
코스모스 끝나는 길에게 아임 파인, 앤 유?
짝꿍은 책상에 칼금을 그었다
서른 해 동안의 일이었다

먹고 사느라 삿대질하고 도수 각개 훈련 받고
무차별 돌팔매 피해 울며 다녔다
파르테논 신전 같은 필라델피아 박물관 기둥 타는 석양 속
검은 새 한 마리 천천히 가로 질러 날아갔고
세상은 비로소 따뜻한 사막 같았다
꽃이 지고 잎이 졌다 스무 해가 더 지났을 때의 일이다

쑥갓 대궁에 피는 꽃망울 분질러 씹어 본다
동남향 베란다에 쑥 향 머금은 바람 지나가고
마로니에 가로수 아래로부터 어둠 차올라온다

부끄럽지 않게 살고 싶었다
화분의 흙을 돋우고 들어와
불도 켜지 않은 채 손을 씻는다
희부염히 손바닥이 보인다
깍지를 꽉 끼어본다

오래 살았다
쥔 것은 눈물이다

# 로버트 질린스키


나는 물 좋고 싶다
싱싱하게 펄떡이며 그 곳에 가고 싶다


로버트 질린스키
이름처럼 날 질리게 하는 그가 나를
싱싱하게 펄펄 뛰며 살게 한다


그에게 꼬리 잡히지 않으려고
모터 달린 자전거처럼 달린다
그에게 뒤통수 맞지 않으려고
내 뒷덜미 언제나 갑옷처럼 뻣뻣하다
그로 인해 인사고과에 밀리지 않으려고
남들 두 배 일한다
치사하게 영어로 날 말아먹지 못하게 하려고
생각한 뒤 천천히 말해도 버벅댄다


그를 견뎌내면 이 나이에도
키가 클 것이다
다복솔 같은 검은 머리 홍건한 붉은 달거리
새로 시작할 것이다
앞으로도 몇 명의

로버트 질린스키
내 잠 싱싱하게 깨울지 몰라
삭풍에 언 몸 장전하고 잠든다

# 마마

프랭크포드 가(街) 낙서 우거진 석조 빌딩
킴스 마켓 미시즈 킴 이마 위로 노을 진다

한겨울에 떠난 서울 새로 장만한 코트
중간 환승지 하와이 구슬땀 위에도 꿋꿋이 걸치고
JFK 들어서던 트랩 어머니 태같이 열고
청계천 봉제공장 실밥 먼지 태열처럼 벗고
보송보송 미쉘 킴으로 태어난 지 40년

아들만 셋, 딸막(達幕)이란 이름값은 했다
사고뭉치 둘째, 에미한테만 왈패 부리던 놈 풀죽은 꼴
재판에 진 것보다 더 속상했다
횃불 같은 큰 놈은 변호사, 그 횃불 타오르기도 전
성질 급한 미스터 킴 총 들고 온 흑인한테
쏴라! 쏴! 뛰어 나가 다시는 못 돌아오고
의사 된 막내 애 둘 딸린 백인 간호사와 결혼하겠다고

근동 부랑배들 마마라 부르고
한국사람들 김 여사라 부르고
프랭크포드 사람들 존경의 의미 담아
미시즈 킴이라 부르는 딸막이 가슴에 큰물 진다

브로큰잉글리시, 홧김에 한국말까지 버무려
그 사납단 프랭크포드 깡패들도 휘어잡았는데
가슴 속 강물 같은 모국어에도 당최 젖지 않는 자식들

오늘은 3층 내부 수리 끝낸 날 인부들 순대국밥에
저녁이나 먹여 보내자 앞치마 벗고 나서는 길
단돈 천 달러에 산 올즈모빌 머플러 나간 구형 차 끌고
꽈광꽈광 꿈길 달려오던 미스터 킴

까무잡잡 땅딸막 멕시칸 인부들
넉넉히 셈 쳐주고
어두워오는 프랭크포드 애비뉴 천천히 달린다
헤이! 마마! 집에 가는 거야? 굿나잇! 시유 투모로우!
어둠 속 흰 이빨들 한참 시끄럽다 킴스 마켓에서 슬쩍
돈 되는 작은 것 주머니에 집어넣던 놈들
마마와 함께 늙어간다

# 한국영화

친구 왔다 간 게 가물가물허네

그 친구 무전유죄 유전무죄 해쌓더니 결국 감방 가서 사
형 당했다지

명량 출정 직전 이순신 장군 오셨을 때 플리머스 미팅 극
장에서 인사드렸고

친일파 암살한 전지현이, 신흥무관학교 출신 스나이퍼 조
진웅이한테

반민특위 해산됐다는 소식은 AMC에서 들었네

서독 탄광에 청춘 지불하고 미국 온 할배들 국제시장 간
다고

억시기 시끄럽더라, 한국 마켓 구인광고 게시판 앞에서

간호사 출신 할매들 만나는 것 본 것도 이태 전이여

뒤주에 갇히기 전 세자 저하 잠행 오셨을 때 벌써 눈이
휙 돌아갔더라고

상왕 전하께서 해도 너무 오래 하셨어, 그래 정조대왕 화
성 행차 때

한글학교 애들 데리고 간 필라델피아 박물관 전시실 바
닥에 엎드려

슬쩍 고개 들고 희미하게 뵌 용안 모르긴 해도 슬픔 가득
했을 걸세

386 지지로 대통령 된 변호인은 언덕에서 뛰어내렸다지

66

얼마 전 왔다간 태양의 후예, 그 특전사 장교는 일계급 승
진했다고

밤
이슥해서나 옛집 마당에서 돌리던 활동영화 말이여
유랑극단 단장이 사랑 앞에 엎드려 간청했지
할머닌 입 찢어진 고모들 단속하느라 제대로 못 보셨는지
박노식과 장동휘를 헷갈려서 당최 말이 통하지 않았어
한국영화 수준급이라고 암만 그래도 내게는
옛집 마당 천막 안 스크린에 가랑비 수없이 내리던 그믐
맨발의 청춘만큼 잘 된 영화 암, 없고말고
여기 애들 순진허이, 한국 가면 유재석이고 강호동이고 연
락만 하면
1박2일 일정 잡고 해피 투게더, 하게 만나는 건 일도 아
닌 줄
그게 외갓집이고 마더 컨트리인 줄 알아
팝콘에 눈물 떨어지는 것도 모르고 울고 웃으매
미국극장서 한국영화 한 편 보고 나오면
물정 모르는 애들같이 으쓱해진다니까
뭐라고?
글쎄 내가 왜 호랑이 담배 먹던 영화 같은 이야길 하고 있

으까이?

무슨 얘길 하려던 것인지 요즘 자주 깜빡,

혀

# 창씨개명*

얼굴 마주볼 때는 입술 빤히 쳐다보면 되지만
전화에 대고 말할 때는 특히, F와 S는 헷갈린다
한국어로는 부서지지 않는 집 꿰맞춰 짓던 목수 서석윤
(Suckyoon Seo) 씨를
미국의 방대한 문서 중 하나는
퍽큔서(Fuckyoon Seo)로 기억했다
미국 물 먹은 지 20년 더 지난 지금은 그도
S 라이크 Sam! F 라이크 Frank!
고함지르거나, 누군가 대신 전화 걸어줄 수도 있겠지만
애들 어리고 보따리 많은 그때는 못 그랬다

부르는 인간에게도 불리는 그에게도
퍽큔 서!(네에미씹 선생님!)는 참담했을 것이다, 석윤 씨
는 이 일로
처갓집 만세! 어깨 걸고 술 마시며 농담 끝장 보려다
불법체류자 아랫동서를 장모 면전에서 조져버린 일까지
있었다

퍽큐가 아니라 퍽큔, 달랑달랑 매달린
자음 ㄴ이, 알파벳 N이 자신의 이름 구원하리라 생각해
본 적 없지만,

69

인생유전 한 구비에서 소경 눈 뜨듯 서석윤을 되찾았지만,

姓名三字 受之父母(성명삼자 수지부모) : 이름 석 자는 부모님에게서 받은 것이니

不敢毁傷 孝之始也(불감훼상 효지시야) : 감히 이것들을 훼손하지 않음이 효의 시작이라

네에미씹 선생으로 사는 동안 효경!

네에미씹 같이 상처받았다 진짜!


일제 창씨개명 때 글자를 몰라

아노…… 너 조센징 놈이노 한자노 모른다고? 어디노 살어노?, 쩌어기 쩌…… 보이는 밭 가운데 사능구만이라, 아노……니 이름은 田中이여, 알았어?

근대(近代)와 시국 비슷하다는 요즘 석윤 씨 생각하면 우울해진다


석윤 씨는 원래 제 것 찾는데

변호사 사고 서류 만들고 시간과 돈 쓰며 미국을, 온몸으로 살았다

석윤 씨의 서류를 작성한 불순한 양코배기는 킬킬 웃으며 Fuckyou Sir라 눌러쓰려다 지가 생각해도 너무해

Fuckyoon Seo로 가물치 콧구멍만한 양심선언 대신 했
을지도 모르겠다

* 비슷한 실례를 다른 이름으로 구성했음. 서석윤이란 이름의 독자들에게
양해를 구합니다.

# 의자가 망가졌다


책상 의자가 망가졌다
집에 의자가 많기 때문에
더 분하다

로빈슨 크로스가 뚝딱 뚝딱
조난 후 왜 의자부터 만들었는지
의자 망가지고 나서야 고개 끄덕인다

늘 궁뎅이 받치고 앉던 그 의자
벼룩시장에서 5달러 주고 사오며
꼴같잖게 무겁다고 퉁박 주었던
생각해보니 5달러로
15년 넘게 날 받쳐준 의자

너는 부서질 수 없을 거라고
너는 부서져선 안 될 일이라고
너는 부서질 리 없다고
믿거나 말거나 한 적도 없이
그 자리에 있던 의자
니가 가면 어디 갈껴
배반감에 치 떨린다

반가운 이메일도 성질나고
책상 앞에 쌓인 고지서도 불 질러 버리고 싶다

식탁 의자 당겨와 대신 앉아 종일
툴툴대다 하루가 간다

온몸이 몽둥이 타작 당한 듯 뻐근하다
그 놈의 만만한 의자가 망가졌기 때문이고
집에 의자가 많기 때문이다

# 아침 미사

스테인드글라스 아직 알록달록할 때
성모상 앞에 차 세운다
반신마비된 중년 코쟁이
문 열고 우정 내다보는 까닭은
이제 문 열렸으니 들어와도 된단 말

차임벨 뎅뎅 울리지만
종은 보이지 않고
콰지모도 같은 남자도 보이지 않는다

반신마비된 얼굴 해사한 그 남자
끄떡 끄떡 제대 위 걸어 올라가
딱, 딱, 뭐가 잘못인지
간신히 초에 불붙이고
왼쪽 몸 흔들면서 자리로 돌아온다

그가 하는 일 그저 초에 불붙이는 일
내가 하는 일 그저 우는 일
넘어지지 않고 서서 불붙이는
눈물 흘리지 않고 울 수 있는
숙련된 기술, 오랜 지병, 몹쓸 습관 공유한 우리

그저 멍멍히 보고 고개만 끄덕인다

성상께서는 울어 쌓는 내가 지겨워 학 떼셨는지
오늘도 암말 없으시다, 아니다
오냐, 니캉 내캉 항꾼에 줄창지게 함 울어보자
누가 누가 더 오래 우나 한 번 해 보자
하시는 겐지
오늘은 제대가 햇살에 되비쳐
반짝, 반짝,
내 눈물 같이
성상의 눈물같이 빛날 따름이다

삐뚜름히 눈 감고 앉은 반신마비 남자의 가슴에
스테인드글라스 넘어온 햇살 한 다발 피어오르는 중이다

# 쉴링톤 수녀원

무릎 꿇어본 지 너무 오래

되어 꿇는 법 기억이나 날레는지, 난다 해도 꿇어나 질레
는지, 혹시 꿇리는 것은 아닐지, 너무 거룩한 그 자세 감당
이나 될레는지

근심하며 나무 의자 하나의 단정함을, 나무 책상 하나의
간소함을, 구식 냉장고 물병 하나의 차고 맑음을, 얼음 몇
조각의 빛나는 허영을

꿈꾸며 다듬지 않은 나무 십자가에 걸린 여백을, 전나무
숲에 피는 얼음 꽃의 향기를, 검은 수단 펄럭이며 언 호수
로 쳐들어온다는 새떼들의 열병식 그리며 서양 절간이 수
녀원 아니겠나, 해서

갔다, 적막에 제압당하지 않으려 사소한 중얼거림들 긴장
하던 이틀째 밤에 눈 내렸다, 맨발로 베란다에 서니 숲 밖
의 일 한없이 시려왔지만 전화 터지지 않아 숲 밖의 추문은
썩는 냄새까지 꽁꽁

얼어붙었다, 툭! 아득한 어딘가서 가지들 기어이 부러지

며 내 갈빗대 움켜잡고 쌓인 눈처럼 깊어가던 밤에 나를
파묻었으므로 오랜만에 갈비뼈 없는 사람처럼 눈사람처럼

　잤다, 전나무 숲 은빛 늦잠이 떠오르는 해 녹이기 시작하
면서 내 척추에 매달린 고드름도 덩달아 녹아 물 듣는 소리
똑, 똑, 들릴 때쯤 어린 까치같이 재잘대는 젊은 수녀들 홍
시 같은 파스타 쪼아 먹으라고 종소리 뎅뎅 미끄러뜨리는
내리막에선 진창 같은 숲 밖의 일들 몇 차례 더 엉덩방아

　찧었고, 무릎도 자주 꿇는 사람이 꿇는 것인지 그때까지
뻑뻑한 경첩 소리로 저린 내 묵상은 수시로 몸 비틀며 하
품해

　댔다, 2박 3일은 좀 짧고 3박 4일은 좀 길고, 그 어름 정도
구경만 하고 돌아오고 싶었던 단순한 안식과 편편한 평안,
둥근 거룩과 납작한 순명은 내 것으로 삼기에는 두려운, 나
를 제 사람 삼아주지도 않을, 쉴링톤 수녀원의 자존심을 건

　브랜드, 그 자존심 슬쩍슬쩍 찔러가며 무리 배반한 탈진
한 새처럼 서 있던 호수로 가는 길 막혀 적막강산 아름다웠
을 때 멀리서 제설기 달고 트럭으로 눈 밀어내며 오던 무뚝

77

뚝한 서양 할머니 만났다, 전사 같은 그 할머닌 팔순의 수
녀원 원장, 쩌렁쩌렁한 털모자 웃음 앞에 나는 문득 자발
적인 무릎 꿇고

싶어졌다, 트렁크에 실린 단순과 편편과 둥근과 납작 선
물세트 상할까 속도 줄이며 돌아본 쉴링톤 수녀원, 만년설
받치고 선 늙은 장군의 낡은 갑옷처럼

수수했다

# 밥과 시

임금이 나오지 않는 파업 기간 동안
비 들이치는 창 닫아걸고
음지식물 같은 시를 쓴다
팽팽하게 대립된 시제(詩題)와 서술 사이
합의점을 찾지 못한 파업은
사 주째 계속되고 있다

회사 앞 노상에서 슬로건 목에 걸고
저임금 고생산성 경제원칙에 충실한
인도와 필리핀, 아일랜드 아웃소싱 규탄하고
회사 차량 지나가면 엄지로 땅 가리키며 우우 야유하고
노동자 임금의 수천 배 챙기는 고위,
허공에 고발하고 돌아오면
굳은 밥알과 숨죽은 채식성 어휘들이
모난 서정의 식탁 위에서 기진맥진
식어 있었다

파업이 한 달을 넘어가자
혹독한 비평 앞을 묵묵히 걸어
회사로 돌아가는 사람들이 생겨났으므로
밥에 대한 시적 발상을 다시 헹구고 입장을 바꿔

진지하게 생각해보지 않을 수 없는
전환의 밤을 맞는다

더럽혀진 적 없는 말과 반짝이는 자투리 주석들로
소박한 밥을 벌어먹던 때의 긍지는 한 편의 시였다
자주 전업(轉業)을 꿈꾸었던 권태기에는
행간이나 늘리며 존재의 체지방이 불어갔고
터진 희망의 솔기들은
궁둥이에 실밥을 달고 책상에 엎드려 졸았다
그때 내가 버린 매너리즘의 시간 속에서
나로부터 무고히 결별당한 청결한 열망들은
뚜껑이 열린 채로 상해갔을 것이다

한 솥의 밥을 한 편의 시로 차려내거나
한 편의 시를 한 솥의 밥으로 끓여내는
레시피에서 가장 중요한 것은
절박한 상상력을 뜸 들이는 일
숙성과 발효를 기다리는 지금은
먹을 수 없는 쉰밥, 말라비틀어진 한 줄의 서정까지 거두
어
  땅에 묻어두는

겸허하고 깊은 사유의 밤
폭우를 예보하는 일기 속에 별이 뜨고 있다

내일은 폭우 속에 피켓을 들 것이다

# 콘돔

콘도미니엄, 가짜 젖꼭지, 황홀한 슛을 잡아내는 골키퍼
를 연상한 적이
몰랐던 적이, 알고도 모른 척 하던 위선의 때가
성경책 위에 다소곳이 얹힌 조화로운 경악이
연 소비량 감소폭 너무 커 어지럽다고 불평하는 동창 남
편이
편의점 카운터에 주렁주렁 매달린 봉지 껍인가 무심타 얼
굴 붉힌 쇼핑이
때문에 인간문화재감이라 추켜세워진 망중한이

있었다

불량 라텍스 살인적 섹스토피아 예방 피임
그런 인문학적 윤리적 법률적 종교적인
진부한 '어떤' 풍진 세상 '적' 이야기다

자연적 분출을 막아내야 하는 범시민적 의무와 책임은
얼마나 크며
합법적 요구를 내리 눌러야 하는 양심의 가책은 얼마나
두꺼우며
도매금으로 싸잡히는 비합리적, 연좌적 억울함은 얼마나

무거우며


자연적 분출과 인위적 폐기 간의 논쟁이 도출해낼 변증
법적 결론은 얼마나 정합적이거나 반합적이며
비윤리적임을 인정하되 민주적 사고 체계를 따르지 않을
수 없는 현실적 한계가 이 시대의 비극적 선택일 수밖에 없
다는 것이 설득력을 가지는 논리적 주장이 윤리적, 도덕
적, 종교적 사유의 편향적 의견을 압도함으로 촉구되는 소
수 당파의 투쟁적 진실과 희생적 노력은 누구의 몫인가를
생각한다


가랑이 벌린 거대한 땅
거대한 욕망의 뿌리 같은 빌딩들 내리 꽂히고
찍소리 한 번 못 내고 폐기처분될 정자들 땀 흘리며 일하
고 있다
그 중에 나도 당신도 사랑도 쓰라림도 있다고 생각하며
퇴근길 편의점에 들러 콘돔을 사거나 인터넷으로 대량 주
문하는 정자들
콘돔이 없으면 헐떡이는 욕망의 분수 속에서도 분출되
지 않는
꽤 편리한 신종 정자군이 형성되고 있다는

진화론적 보도도 불원간 있으리라 전망된다

# 바다가 보이는 객실

웨스트 코스트 북적이는 공항
정글처럼 엉킨 길 빠져나와 전망 좋은 객실에 든다

커튼 열어 장애물 없는 바다 확인한 뒤
오래된 서류에 그어진 밑줄 같은 수평선 위에 수트케이스
올리고
그 수트케이스 고요히 열어 초원의 바람 꺼내 푼다
정글의 색으로 진화해 온 비늘 벗어 걸고
눈속임 위해 달았던 목덜미와 손목의 화려한 장식 뽑고
오래 달렸으나 아직 쓸 만한 발굽의 편자 떼 낸다

스스로의 맨발이 낯선 맨발
동부의 서식지에는 노르스름하게 익은 해를 뒤집을
저녁이 왔을 것이다

먼 바다에서 엿보이는 망중한
동굴 앞 살짝 가리는 큰 나뭇잎 같은
안에서 밖으로 밖에서 안으로 펄럭이는 커튼 뒤에 있다

여섯 시간의 하늘 거슬러 날아오며
안주머니 깊숙이 찔러 넣어온 거스름돈 같은 세 시간은

발코니에서의 온더락 한 잔에 더 없이 훌륭한 안주

탁자에 괸 팔꿈치와 턱 사이에서 바다, 부드러운 결의 무
늬 짜 올릴 때

투명한 얼음 조각에 부딪혀 젖은 귓속말 건너온다

젖힌 머리통과 울컥이는 목울대와 반짝이는 유리잔의


동작 그만


맨발과 맨손의 소리 없는 움직임 침대와 소파, 책상 위에
흩어진다

초원의 바람 걷어 세이프티 박스에 담아 비밀번호로 봉
인하고

객실 구석구석 살피다 벽에 귀 대어 본다

유리잔 속의 얼음 혼자 녹을 동안 바다, 천천히 충혈 되어
간다


동부의 서식지에는 입 벌린 새끼들이

인디언 블루 색 크레용으로 밤하늘을 칠한 후

은박지로 접은 별을 달고 있을 것이다


먼 물결 더 먼 수평선 울먹이며 밀어내는 귓속말

꿈속까지 따라 들어온다
베개에 엎드린 곤한 잠 흐느끼고
닳은 편자 달빛에 날처럼 번득이는 웨스트 코스트의 밤
깊어간다

# 신토불이

밭에서 낭 거는 뎅장에 물에서 낭 거는 미르치젓에 찍어
묵는 법이제, 그러이
　이태리 빵은 올리브기름에 중국 대지개기 아따 화끈하네
고치까리 성근 중국 소스에 찍어 묵어야제
　땅이 넓어 그렁가 과일이고 소채고 커피고 피눈물까지 싱
겁다 여그는, 그러이 그저
　'마이 묵어라'
　한국사람 간대로 맞출라카마 밍밍한 미국살이 '마이 묵
는' 수밖에

　조선간장에 담근 게장 쭉쭉 빨아
　먹어도 먹어도 허기진
　이민(移民)은 기민(飢民)

　니 허기져서 안 왔더나? 부끄러버 할 꺼 없다, 그저
　'마이 묵어라'
　거 머시냐 혈중 농도 맞차가매 살라카마 자다 일어나 그
바닷가 염전 찾아
　아이고매 사무친데이 정선 아리랑 군가 발 맞차
　세한도 적송 시퍼런 이파리 사이 지나는 바람 속
　머리 풀고 꽃 꽂고 헤매지 않을라카믄

## 깊고 넉넉한


진국,
이라는 한국말은 단 두 자
오랫동안 푹 고아 걸쭉하게 된
국물 진(津)국이 있고
참되어 거짓이 없는
사람 진(眞)국도 있다


이 두 진, 자를 같은 발음의 주물 틀 안에 집어넣어
한 가닥 곧고 매끈한 떡가래 뽑듯 뽑아내면
진이 다 빠지도록 치열하게 자신을 끓여내지 않고서는 감
히 진실에 다가설 수 없다, 는
자막 정도 띄워줘도 무리 없으리라


얼얼한 숙취에 불어 넣는 뜨거운 콩나물국 시원하다거나
왕소금에 절인 못난이 메주의 피눈물 달다고 하기까지
아프지만 감미로운 이별, 고통스럽지만 감사하다는 고백
이 건너온
저 긴 길과 깊은 강과 높은 산자락의 끝은
열반 후 남겨진 사리 같은 상흔일까


진국, 이라는 한국말 단 두 자 영어로 의역하면

눈물 젖은 빵을 먹어 보지 않은 자는 인생을 논하지 말
라, 쯤
띄어 쓴 행간까지 합해 서른 자 정도 된다 해도 무리 없
으리라
단 두 자로 된 한국말이
서른 자로 몸 푼 육중한 서양 금언을 다 품자면
그 품은 얼마나 깊고 넉넉해야 하는 것일까

내 모국어의 속 깊은 품은 언제나
삶 앞에 진술 긴 나를 부끄럽게 하는
언어의 진국이다

# 고추 꽃 피었네

흙에서 먹거리 소출 못 내면
죄스러워지는 종자가 한국사람이다
밥풀 뜨는 기명물로 남새밭 일구던 여인의 딸
미국 동부 외곽 허름한 아파트 베란다
화분에 흙 거름 채워 남새밭 일구는 오월
공중에 뜬 빨갛고 노랗고 파란 화분
화초려니 올려다보는 사람들은 모를 테다
거기, 볕 잘 드는 공중 남새밭에
조선 고추 들깨 상추 부추 쪽파가
이 악물고 뿌리 내리고 있다는 것

화분이 모자라 고추 들깨 함께 심긴 놈들이
널럴하게 화분 하나씩 차지한 놈들보다
더 모질게 굵어간다
사람이든 푸새든 결손이 거름 되는지
미국 생활 20년 냉랭한 본토박이들 틈
이 악물고 뿌리 설 내린 날 보는 듯 짠하다
화분 좀 더 사고, 흙 거름 좀 더 채워 옮겨 심는데
살아남겠다고 뻗은 뿌리 엉긴 게 장난 아니다
이 죄 없는 것들 갑자기 오장육부 편해져
시름대지나 않을지 걱정 보탠다

먹거리 푸새꽃도 손 타면 정드는지
손톱만한 고추꽃 하얗게 핀 것 보며
요놈들 보래, 이 올된 놈들, 발랑 까진 것들
오월 가기 전에 고추 따 먹겠네
물밖에 준 것 없는데
사람 보다 나은 놈들
들여다보는 눈이 매워온다

# 보헤미안 랩소디

유튜브에서 나훈아 듣는다
뽕짝 가수라고 젊은 날 깐히 보았지
코스모스 핀 그 고개 만리타향 뒤틀린
생의 계곡
징글징글 잘도 굴러 넘어간다
철 지난 해수욕장 디스코텍처럼
불 꺼진 방에 유튜브
나훈아 목소리 번쩍 번쩍 튄다

나훈아 물리면 이미자 듣고
이미자 넘치면 조용필 듣고
조용필 끝나면 심장에 눈물 자국 남기는
북조선 노래 듣고
북조선 눈물 마르면 보헤미안 랩소디
금지된 청춘 프레디 머큐리 더블 클릭
"엄마, 나 방금 사람을 죽였어요
엄마 방금 내 인생이 끝장났어요"

우리 엄마 저 노래 알 리 없는데
딸 방문 후다닥 열리더니
내 방문 살금, 여는 소리 들린다

"니 에미는 퀸도 모르는 줄 알았나?"
벌건 고함 끝 눈물에 번진다

스크린 세이버 깜깜히 잠기고
흥건한 달빛 블라인드에 차오른다
잠들 수 없는 나 고개 젖히고
누군가 절벅절벅
그 시린 강 건너오기 기다린다

# 어제의 하모니


한 옥타브 올라갔다 저물도록 못 다 내려왔으므로 가팔
랐고
퇴근길은 붉은 신호등을 밟을 만큼 감정적이었다

예민한 저녁은 고두밥으로 지어졌고
계량이 잘못 되었던 양념장의 간은 두 음이나 올라갔으
며
잘박하게 졸이려던 피아노는 눌어붙고 말았다

담백함이 떨어진 플루트 역시 밑반찬 식감의 품격을 손
상시켰고
메인 디시였던 멘델스존 바이올린 E-Minor는 올리브유
와 식초의 비율이 어긋났다

한 나절 근로계약 후 물물교환 하는 것이
중력에 눌려 처진 긴장과 오류까지 끌어안는 완숙의 연
주인데

스타카토로 점멸하는 작은 별들 화장 다 적셔놓고 저 먼
저 울먹이며 청승 떠는 달빛도
괜찮아, 괜찮다니까? 이리 오렴, 오지랖 넓은 첼로도

드레스 허리 질끈 묶고 현란히 뒷목 주무르던 하프도
어긋난 북어 요추 때리던 북도
졸아든 찌개 심폐 소생시키려 땀 흘리던 심벌즈도

그 어느 것도 하나 위로가 되지 못하고

꽃이 떨어지고 씨가 들어앉는 시각

경계 앞에서 거리를 좁히며 육박해나가는 바이올린의 비
브라토 너무 조마조마해서
차라리 약속된 음의 경계 한 번쯤 밟고 지나가 지뢰밭에
서 있고 싶은 밤이었다
어둠의 창끝 헤치고 한 치의 오차 없이 경계에 닿아 멎던
현
절제와 검문의 벼린 날이 팽팽히 부딪힌 순간

떨림까지 멎었다, 위로는
가차 없는 가혹한 정밀, 오차 없는 계량의 숨 막힘에 있
음을 확인했고 안도했다

반 음 내리고 한 박자 늦게 잠들었다

# 한 부엌에서의 주의 기도와 국민교육헌장 혼합 변주

대저 맛의 알파요 오메가이신 달콤함이시여!

모든 미각은 당신의 달콤한 내력을 밝혀내는 도구로
당신을 거룩하고 은은히 감칠맛 나시게 하며
밥상에도 사랑에도 당신이 임하시며
당신의 진미(眞味)가 회식에서와 같이 주식에서도
이루어지게 하소서

칡뿌리를 씹던 할애비도
씀바귀나물을 즐긴 애비도
쓴 맛이 입맛을 돋운다지만 실은
칡뿌리 안주머니 속의 씀바귀 내장 속의 당신을 찾아
구불구불 가파르고 쓴 인생 길
숨바꼭질하는 감미(甘味)의 술래였나이다

일용할 양식의 성장(盛裝)을 위해
진미(眞味) 중흥의 역사적 사명을 띠고 태어난 향신료들
의 자기계발은
엥겔지수의 쓰나미 속에서도 오직
당신의 감칠맛을 다양한 각도로 조명하고 드러내는 데 바
쳐졌나이다

가령 제피나무 같은 경우
맵고 독이 있는 자신의 처지를 약진의 발판으로 삼아
추어탕이나 매운탕의 비린내를 없애고 속을 따뜻하게 하
는 공익을 위해
자신의 분신인 열매 껍질을 벗겨 갈리기까지 하며
자신의 달란트를 준엄히 갈무리해왔나이다


명랑하고 따뜻한 협동정신이 없다면
참깨 마늘 들기름 같은 양념들은
달콤한 밥상의 이상을 실현할 수 없음을 통촉하시고
그 미물들이 감당하는 뜨거운 볶임과 주리틀림을 어여
삐 여기소서


당신의 융성이 우리 미각의 근본임을 깨달아
사카린 같은 날조된 달콤함으로
원조 달콤함을 포장해 온 이 시대의 위선을 저희가 용서
하오니
다짜고짜 단 것만 밝혀 이를 썩힌 저희를 용서하시고
손맛 깃들지 않은 인스턴트의 유혹에 빠지지 말게 하시
며
쓰디 쓴 뒷맛에서 구하소서

대개 이 부엌의 불과 칼과 제 혀는
영원히 달콤하실 당신의 것이니이다
아멘

# 폭설

눈이 내렸다
오래도록 내렸다
빌딩들이 머리에 흰 붕대 친친 감고
나무들이 사지에 깁스를 대는 동안
겨울을 떠내려다 허리를 다친 삽자루들이
말 못하는 가축들처럼 엎드린 자동차 옆구리에 기댄 채
끙끙 앓다 행불 처리되고
담요를 뒤집어쓴 사람들이 이따금
베란다에 나타났다 사라지곤 할 동안
길이 지워지고 계단이 사라졌다

눈은 공평하게 내렸으므로
멀리서 보면 도시의 정직한 윤곽은
성탄 카드처럼 평화로운 설경이었지만
시 정부는 세수(稅收)에 준해 겨울을 밀어냈으므로
제설차는 눈이 쌓이면서 권력이 되었다

가을부터 시 정부에 염화나트륨을 무상 기증해 온
폭설을 겨냥한 자동차회사의 판촉 전략으로
추위에 지친 차들의 아킬레스건은 파열되고
무고한 도로의 복부 이곳저곳이 괴저로 함몰되었지만

얼어붙기 전에 눈이 걷혀야했으므로
아무도 이의제기하지 않는 정적 속 정전의 밤은
치석처럼 굳어갔다

멀거나 낮은 곳은 빠르게 고립되어갔다
제설차에 밀려난 눈더미들이 이룬 빙벽 바깥
바람 부는 대로 흔들리는 것들은
어깨에 쌓인 겨울을 털어내며 사위를 살폈고
흔들림 없는 꼿꼿한 신념들은
제게 깃든 희망을 짊어진 채 부러졌다
살아남는 것은 흔들리는 것들이라고
폭설을 맞는 자세에 대한 논란이 잠시
바람의 모서리에서 일었다 잠잠해졌다

높은 곳에서부터 녹기 시작한 적설은
얼어붙은 도시의 낮은 곳으로 몰려들었으나
하수구를 빠져나가지 못한 물들이 꿀럭꿀럭 살얼음을
계워내다
저녁이면 다시 얼어붙었다
문이 열리지 않아 늦게 나온 사람들은
자신의 자동차가 이지메를 당하듯

이웃들이 밀어낸 겨울 아래 아득히 묻힌 것을 보았지만
누군가의 희망을 도굴해 자신의 길을 내거나
내릴 때의 눈처럼 공평한
햇빛의 자선을 기다릴 수밖에 없었다


살아남은 다람쥐들이 흰 씨앗을 찾아 나무 밑으로 돌아
오고
꽁지 짧은 비정규직 새떼들이 물고 오는 봄소식이 당도
할 때쯤엔
햇빛은 아무 것도 남기지 않고 녹여버렸으므로
봄의 첫 떡잎에 작성될 소장에는
폭설의 도발을 입증할 어떤 것도 없었다

# 푸쉬킨

경제개발 5개년 시대 흙먼지 자욱한 국도변
원동이발소 '가라수' 문 밀고 들어가면
가죽 띠에 스윽스윽 면도날 가는 소리
석탄 난로 쉬익쉬익 물 끓이는 소리
불콰한 아버지 드러누운 얼굴
이발소 거울 위 쪼그리고 앉은
이마 깨진 액자

'삶이 그대를 속일지라도
슬퍼하거나 노하지 말라'

그는 그렇게 왔다. 처컥처컥처컥처컥
때 묻은 거친 삶 잘라도 잘라도 다시 자라고
자주 슬퍼하고 쉬 노할 때마다 그를 잊었다

삶은 면도를 마친 움푹 꺼진 주막거리 거쳐
주홍어린 갈 지 자 걸음으로 떠나고
여전히 흔들리는 숙취 속
소월과 미당, 동주와 육사도 떠나보낸 실연의 세월
도망간 계주처럼 오리무중이다

나를 속여 온 삶의 집에
퍼런 회칼 들고 찾아가려 하는 나나
저를 속여 온 내 집에
권총 들고 찾아온다는 삶이나
피차 너무 오래 걸었다, 승냥이 울부짖는 그믐에 만나면
칼집에 든 칼과 장전되지 않은 총은 서로 어깨 기대고
잠부터 들고 싶을 것이다
약속은 그렇게 지켜질 것이다

# 자목련 질 때, 융자

납부 체증으로 병목현상이 발생하는 월말엔
퇴근이 늦고 저녁을 거르고 잠들기도 한다
살면서 도둑질 아니면 뱃구레 좀 키워보는 것
나쁘지 않다

자목련 꽃 필 때면 좀 천천히 걷는다
뱃구레 속 눌러 붙은 존재의 체지방은
꽃잎 몇 장 어깨에 대신 진대서 가벼워지지 않지만
삶은 계란 타박한 노른자, 몰캉한 도토리묵 같은 때의 아
름다움을
오래 전 앉았던 붉은 의자 위에 풀어놓을 수 있기 때문
이다

불구속 기소의 아득한 유배
복리 이자처럼 불어가는 형량 지고도
오후 내내 제법 가볍게 저물 수 있는 것은
국경일 특별사면 같은 해의 시간이 길어지고
자목련 우듬지에 걸린 남루한 생애에도
한철 꽃향기 스며드는 것을 알기 때문이다

백목련을 잘 볼 수 없는 이곳

꿩 대신 닭이듯 자목련으로 자족하는 봄이 지고 있다
원금 고스란히 남아있는
나, 라는 융자

걸음이 빨라진다
가는 데까지 걸어가려 하는 것은
이 유배의 땅 끝을 보려함이 아니라
아직도 장기 미수 채권 같은
당신 꿈을 꾸기 때문이다
우리가 앉았던 의자에 붉게 앉아
가벼워질 때까지 혼자
저물어보려 하기 때문이다

# 운문적 삶


허기진 공허나 폐기된 궁창을 아름다운 여백이라 오독하던
되바라진 부사나 올된 형용사로 벌컥, 문 따고 들어가
우리를 버텨줄 것은 고루한 당신, 쉰내 나는 고유명사가
아니라고
검은 가죽장갑 검은 양복의 술어가 들고 가는 검은 가방
속 기관단총도
좁쌀할멈 잔소리 같은 조사들 쫀쫀한 시침질도
진부한 주어에 읍소하는 비굴한 존대어는 더더욱,
아니라고
청양고추처럼 왜? 왜?
문장을 시작하던 때가 있었다


작은따옴표 속 안전한 인용의 번지르르한 통속
틈새마다 끼어드는 상종 못할 기회주의자 쉼표
따옴표도 주석도 없이 당당한 표절의 철없는 검무(劍舞)
잡문 티끌에 숨어들어와 한 줄 수청 자원한 청루 계집
같은 접속사
입술 거스러미같이 사라질 기호들


황사 아득한 거리에 최루탄처럼 자욱했다

목적 없는 문장을 구사하는 것은 대책 없는 이민을 감행
하는 것이나 다름없는 일
　그에겐 목적어가 중요했으므로
　말줄임표로 시작해 마침표도 없이 사라진 무례한 파격,
있었다, 그러나


　괄호 따위 덧대어 별채를 짓거나 무고한 행간 늘려가며 할
당량 채운 적 없었으므로
　천박한 액세서리 느낌표나 물음표 따위에 눈길 준 적 없
는 단심만은 알아주기를
　귀 없는 세상에 고백했고, 돌 맞았고, 잊혀졌다, 그는


　이 범람의 시대 푸줏간에 걸린 사문난적(斯文亂賊)


　눈 벌겋게 살아 있는 보수 주어와 그 곁에 버티고 선 범강
이 장달이 술어
　검은 세단에 턱시도 차림 관용어와 매너 발랄한 기호들
모두 잘라내고
　오늘도 제 몸 가지 쳐내고 있다, 선문답 같은 피 뚝, 뚝, 흘
리며


　발라내고 있다 말의 흰 뼈들 드러나기까지

# 몇 가지의 음미

지휘자는 두 팔을 허공중에 떨어뜨렸고
바이올리니스트가 마지막 현에서 막 활을 떼어냈을 때,
정적 속에 떨어진 한 방울 헛기침 때문에 살아 돌아왔다

진실은 전구 속 필라멘트처럼 진공 안에서만 제 몸을 달
구다 못해 태운다
불이 남긴 열조차 뜨거워서
쓰레기더미 속 오만하게 앉아 있는 전구를 흔들면 사르
릉 사르릉,
폐기된 방울소리 암호처럼 들린다
어디로 오라는 것인지 무엇을 책임지라는 것인지
알 수 없다

한 떨기 여자가 입 꼭 다물고 소리 죽여 운다
일용할 양식에 기대어 잠든 돼지는 듣지 못하는 애잔함에
가만히 큰 귀 기울여주는 당신은 시를 아는 사람
험한 일 하는 남자의 순정이 향수처럼
한 방울 떨어뜨렸을 뿐인데 온 욕조가 향기로 가득 찰 때
데친 시금치 같은 여자의 연정에 떨어진 몇 방울 참기름
같이
온 주방을 고소하게 할 때

연애의 신화가 시작된다

독야청청 낙락장송보다
비틀어진 채 비탈에 꽂힌 소나무가 아름답다고 말하는 그 오랜,
잔혹한 취향의 역사는 반드시 왜곡되어야 한다
불시에 타오르는 송진 타는 소리와 냄새는 통곡에 가깝다

정정하게 늙은 수녀의 마디 굵은 손바닥에
오장이 아픈 가장의 눈물방울 후두두둑 떨어질 때
습자지 속 마른 탕약 찌꺼기 베개 속 말린 결명자 문풍지 속 말린 국화꽃잎
그립다

위험할수록 유혹이 크다는 것은 싸구려 진실만큼 통절하고
순도를 자랑하는 당신은 순결한 만큼 위험하다
온더락 한잔, 안 하실래요?

# 부정교합

당신이 태어나던 날 턴테이블에는
라데츠키 행진곡 대신 레퀴엠 엘피판이 잘못 걸려 있었
다
당신의 머리통은 행진곡에 맞춰 힘차게 불거져 나오지
못하고
탯줄을 목에 감은 채 반죽음으로 생을 시작했다

꽃을 볼까 했던 자리에 무화과가 열렸으므로
꽃구경 나선 언덕엔
쇠뜨기 개망초 애기똥풀 토끼풀 가시상추 돼지풀 명아주
바랭이 쇠비름 개여뀌 중대가리풀 벼룩나물
엇박자로 당신 발 걸어 넘어뜨렸다

번쩍이는 보철에 갇힌, 아귀 맞지 않는 당신 드라마의 O
ST

유치 돋는 그믐에 정화수 길어 올려 업로드한 태평성대는
루트 커넬이 필요한 불혹에 이르러서도
아직도 로드 중

해거름 창문 아래 뜨거운 세레나데에 이르면

토막 친 회심곡 비명처럼 나앙나앙 석양 속 파고들거나
거친 포목 찢기듯 쭈악쭈악 벌어진 입 속으로 빗물 떨군
다

이젠 노하우 생긴 당신

아이가 태어날 때 레퀴엠을 준비하고
실직의 위협 앞에 힙합을 춘다
주가 상승할 때 주식 왕창 사고
주가 하락할 때 깨끗이 팔아버린다
질긴 것은 한입에 삼켜버리고
물컹한 것은 끝까지 우물거린다
장례식 가서 웃고
돌잔치 가서 운다

잇몸이 꺼멓게 죽은 당신, 들쭉날쭉한 잇바디
아귀 맞지 않는 날것의 생 씹고 삼키느라 안면관절은 일
그러졌고
영 딴사람이 되어버렸다

나를 불렀는데 당신이 돌아보고

당신에게 기별했는데 내가 온다

# 4부
구겨진 것들에 바침

# 어디쯤

몸이 정신을 끌어당기던 날이다
좀 쉬게 해달라고 징징대던 날이다
너는 누구냐, 정색하고 묻던 날이다
나도 궁금해 구글에다
'강남옥'이라 쳐봤던 날이다
시인, 이라고 떴던 날이다
이 시인에 대한 정보가 없다, 고 떴던 날이다 거 보라고
너는 어디에도 없지 않냐고
정신이 몸 눈깔 앞에 비웃음 물고
삿대질 하던 날이다
염불이라 치자, 눈 감고 듣자, 하다 터진 날이다
그게 뭐 대수냐, 나 여기 이렇게 서 있는 것
안 보이냐, 내 가슴 내가 치며 대들던 날이다 대들다가
픽!
진짜 쓰러졌던 날이다
안개 자욱한 골짜기에서 손나팔 만들어 목이 터져라
내 이름 불렀던 날이다
아무도 대답해 주지 않아 어둔 계곡
혼자 내려오던 날이다
그 계곡 어디쯤 있는 곳인지 당최
생각나지 않던 날이다

## 구겨진 것들에 바침

폐지 한 장만 반듯하게 접어도 비행기가 날고 배가 뜨는
세상이 있었다
구겨진 종이나 접힌 골판지가 안간힘으로 자신을 펴기 위
해
자작나무숲 거쳐 온 바람의 소매 붙들고 일어서보려 할
때
쓸쓸한 방의 적막이 종이 한 장의 상처만큼 사그락, 밀려
난다

쭈그러진 깡통이나 빈 페트병 안에서도 꽃의 시간은 열
린다, 그런
깡통이 으스러진 뼈마디 안고 신음하며
구르다 구르다 어느 발밑이나 타이어에 깔려 납작해질 때
한 세상 오직 떠도는 바람으로 자신을 꽉 채워 일어설 때
무더운 빈민가 잡풀더미 옆 누구도 귀 기울이지 않는 비
명 소리 하나 더
탑돌처럼 쌓인다

꺾어진 구두 뒤축이 깨금발 딛고
어린 소의 잔등에 반짝이던 햇빛 반추하려 무거운 몸 일
으킬 때

다친 새 한 마리 뜯겨나간 깃털 여미며 이마에 이슬 달고
비칠비칠 몇 걸음 걷다 넘어지고 또 몇 걸음 걷다 넘어지
며 산모롱 어둠 걷어낼 때
젖은 땅 작은 새의 보행에 눌린 민들레 풀씨 흔들리며 일
어설 때
버려진 구두짝에 담길 한 우주의 미래를 애도하며 문득
듣는다
초롱도 손전등도 없는 어두운 길 아직도 걷고 있는
무수히 구겨진 상처들로 주름진 내 발소리

구겨지는 것들의 저항이 멈추는 곳에서
세상의 길들은 지워지거나 바다로 숨는다
바람 스친 자리마다 상처들이 흔들리며 눈 뜬다

## 슬픈 사태

도가니와 우족 함께 끓인다
이 토막 난 날것들
입 속에 고여 엉긴 피 빼주려
찬물에 담가 두니
찰과상 타박상 골절상 자상에
언제 생겼는지 모를 멍까지
골병들어 응어리진
핏물

쏟고, 사태 몇 뭉치 넣는다
보기엔 그 살이나 그 살이나
잘 저민 붉은 살코기 아롱사태
익어 건져내는데 눈 더워온다
저리 질기게 한몸 안에서도
생긴 결대로 함께 누워 껴안은
저희끼리 깍지 끼고 오그라든 심줄들
벼린 칼 들어가도 떨어지지 않으려 용쓴다만
모든 것 와해되고 뭉그러지는 날엔
결대로 숨 쉬고 펄떡일 수 없는 것이
살아 있던 것들의 비애다

122

곧 온다 그날
떨어내지 못해 애면글면하던
한 점의 상처조차 껴안을 수 없는 날

# 아프다

씨는 꽃 속에
꽃은 이파리에
이파리는 줄기에
줄기는 가지에

잔가지는 큰 줄기에
더 큰 줄기는 뿌리에
뿌리는 땅에
땅은 어디에

꽂혀 있지 않으면 불안하다
근본 없는 호로새끼라는 욕
견뎌낼 수 있을 때
풀씨는 날아간다

당신은 또 다른 당신들에
나는 너에게 너는 나에게
꽂혀 있거나 뽑혀 있거나

내남없이 다
아프다

# 겨울 숲

저 아름다운 숲속
쓰러진 고사목 있을 줄

저 울창한 숲속
사람만한 사슴 뼈 통째 누워 있을 줄

그 궁전 같던 친구집 식모방 옆방
반신불수 큰언니 시집도 못 가고
침 흘리며 눈깔 뒤집고 들누워 있을 줄

발랄한 내 속 심장 부근
대가리 큰 녹슨 쇠못 박혀 있는 줄

서 있어야 할 것들 쓰러져 있는
겨울 숲 지나며 울어본 사람은
날 알아볼지도 모른다는 걸

# 우물

내 눈물이 꽃잎 끝에만
대롱대롱 매달린 한 방울
오로지 허영이기만을
아침 들꽃 밟히지 않은
깨끗한 이마 위 영롱한
오로지 이슬이기만을
발 치고 앉아 건너다보는
행랑채 툇마루 끝 두드리며
잠깐 시원히 긋고 가는
한 여름 낮 장한 소나기이기만을
얼어붙어도 처마 밑 반짝이는
순정한 고드름이기만을

삶이 깊어질까 두려웠는데

내 눈물은 비 새는 낡은 지붕에서 떨어져
쭈그러진 양철 동이 넘쳐나 꿉꿉한 마루 위로 흘러갔고
동네 똥물 다 몰고 와 지하실 카펫에 고인 더러운 홍수
그 냄새 견딜 수 없어 이사까지 했는데
눈물이 눈에서만 흐르지 않고
이마에 겨드랑에 뒷덜미에

가슴골에서도 줄줄 입성 더럽히더니
뙤약볕 아래 낯선 인부 얼굴 위로
땀과 흙과 함께 흘러내리더라
이후 내 눈에선 가끔 피 섞인 물 흐르더니
눈물샘 막혔는지 더는 흐르지 않아
따끔거리는 눈에 이젠 눈물 넣어준다

두렵던 삶이 깊어진 것이다

한번 내려가면 올라올 수 없을 것 같은 그곳
고요히 물 찰방이는 소리 들린다

# 속

다 파먹히지 않고는 끝나지 않는다
고속도로 진입로
황소만한 사슴 자빠진 것 보면 안다
버언히 뚫린 눈구녁 속
내장까지 파먹힌 속 다 들여다뵌다
며칠을 치우지 않고 그냥 두는
'벽오동 심은 뜻'은
생 속으로 살아 철따구니 없는 나 같은 인간
일자나 한 자나 배우라는 뜻
땅 딛고 사는 짐승 하늘 딛고 마침내 눕는 기막힌
속
누군들 없으랴만
그놈의 완강한 뿔은 썩어도 준치라더니
하늘 향해 아직도 꼿꼿이 서 있다

# 틈

오후 5시 15분에서 30분 사이 여자는 돌아온다.

차의 잠금 알람, 한 번 누르면 철컥, 두 번 누르면 빽― 잠긴다. 현관 입구에서 자동차 쪽으로 팔 뻗어 다시 두 번. 차는 철컥, 투덜대며, 빽― 같은 잔소리 두 번 듣는 계집애같이 성마른 소리 낸다. 한껏 눈 흘기는 헤드라이트.

현관문 잠그고 부엌. 밥솥 열어 보고 냉장고 열어 보고 가방 내려놓고 다시 현관문 손잡이 돌린다. 같은 훈계 거푸 듣는 십대처럼 손잡이는, 가부키 배우 같은 여자 앞에서 버틴다. 그 든든한 완강함.

뜨물 비치지 않을 때까지 쌀 씻어내 밥 안치고, 조림 양념 졸아들기 기다린다. 열판과 찌개의 중간에 선 냄비바닥은 조마조마하다. 국물 마를 시간까지 염두에 두고 3분 일찍 가스 불 끈다. 그 3분, 열판에 남은 열기와 냄비바닥은 국물의 거취 놓고 마지막 의견 조율에 들어간다.

스르르
현관에서 부엌으로, 부엌에서 현관으로, 현관에서 방으로, 방에서 다른 방으로 옮겨 다닐 동안 어깨 뒤로 머리카락 몇 올 지고, 수납장 깊은 곳 벽 타고 창백한 페인트 가루 주루루 주저앉고, 꽃병에서 마른 꽃잎 하나 지고, 열쇠걸이에 걸린 ID 앞뒤로 흔들리고, 여자 얼굴이 보였다 안 보였다, 다행히 웃고 있다.

샤워 마친다. 입매 팽팽히 모여들고 손등에 푸른 핏줄. 여자의 손아귀가 두려운 수도꼭지는 입 꼭 다물고 숙인 고개 들지 못한다.

사자성어처럼 각이, 도수각개 훈련처럼 왼발 오른발이, 의장대 행렬처럼 딱딱 맞아야 하는 여자의 가혹한 질서 게임은 끝나지 않는다.

베란다 문 1센티쯤 열어둔다. 새 옷으로 갈아입고 자신을 이불 안에 맞춰 넣는다. 조심조심, 부드럽고 빽빽한 점액질 같은 잠 속으로 들어간다. 메모리폼 같이 탄력성 좋은 잠의 틈 곧 메워지고 여자는 보이지 않는다. 쾌적한 밤.

1센티의 틈으로 들어오는 바람에 여자를 떠난 머리카락 몇 올 천천히, 밤새 바닥 기어간다. 1센티의 유출은 여자의 사각지대, 비닐로 싸인 ID 속 여자 희미하게 웃고 있다. 꽃

잎 또 한 장 진다. 치르르르 치르르르 여치가 운다. 여치의
집은 틈이 많다.

# 강

더는 걷지 못하겠어서
흐르기로 했다 흐르기로는
물 흐르는 대로 따라 흐르는 것이 최고

더는 걷지 못하겠어서
그냥 가자 했다 그냥 가기로는
바람 부는 대로 불려 가는 것이 최고

우정 곤두박질도 필요 없고
결심도 작정도 접고 그러쥔 손 놓으면
편안할 테다

물이 위에서 아래로 흐른다는 것
1 더하기 1은 2라는 것보다 먼저 알았는데
가장 낮은 곳이 가장 깊은 곳이라는 것 알기까지
오십 년 넘게 걸렸다 말 배우는 데 2년쯤 걸렸고
침묵은 아직 다 배우지 못했다

접질린 허리 뭉친 담 같은 말 다 쏟아내자 하면
나는 술술 흘러내려 깊어지지 못할 것이다
나는 훨훨 날아 자유롭지 못할 것이다

곤두박질에 투신에
상처투성이 될 것이다

# 기억의 방식

나무는 제가 드리운 그늘로
선 자리를 가늠하고

바람은 제가 밀어낸 빗방울의 자세로
갈 곳을 추론한다

물은 제가 씻어낸 돌의 무늬로
흐를 방향을 예감하고

강은 제가 품은 산등성의 높이만큼
고요히 깊어진다

내 그림자 무거웠던 날
너는 아주 멀리 있었고

내 그림자 가벼웠던 날
너는 가까이 있었다

내게 그림자 없던 날 너는
내 안에서 송두리째 타오른 불이었다

차갑거나 뜨거운 현상은 이제
너에 대한 기억을 일깨우지 못한다

네가 태운 내 속의 재가 불려가는
아득함으로 다만 너를 기억한다

# 언어로 가득찬 방

문을 열고
기포 같은 침묵들 사이 몇 발자국 들어가면
단단한 책상과 의자, 그 위에 단정한 백지와 섬세한 연필

　슬픈 날은 눈 붉어진 자음과 모음들 조용히 백지의 모서
리로 가 앉곤 한다

아직 말이 되지 못한 너

침묵하는 네 입에 노래를, 비명을
때로 소리 없는 울음을 넣어주기 위해 네 이름 부르면

너는 터지면서 비로소
더러워지면서 가만히 내게 온다

꽃이 되고 향기가 되고 상처가 되는 더러운 너

문밖으로 밀어내거나 창을 열고 떨어뜨리면
고요히 주저앉고 부서지고 울면서 떠난다

잘 가거라

내가 짝 지워준 언어들이여
너의 터짐, 너의 주저앉음, 너의 부서짐, 너의 울음이

이 조용한 방 잊을 때까지
다 잊고 나면 다시 너덜너덜해진 침묵으로
돌아와 눈 감을 때까지

부디 세상 떠돌거라

# 필라델피아와 청도의 시인

김경미(시인)


강남옥 시인이 한밤중에 전화를 했다. 내게 부탁한 발문이
너무 늦어져서 안 되겠으니 발문 청탁을 취소하겠다는 전화였
다. 그 단호한 어투에 미안하기도 했지만 당장 급한 일 하나를
면제받은 듯 마음이 가벼워지기도 했다.

그런데 깨고 보니 꿈이었고 새벽 2시쯤이었다. 그걸 깨달은
순간에도 두 가지 감정이 동시에 찾아들었다. 꿈이어서 다행
이란 감정과 실제였으면 좋았을 텐데 하는 아쉬움의 감정. 어
쨌든 그 꿈 때문에 더는 미룰 수 없겠다는 생각이 들어 그대
로 일어나 트렁크에서 노트를 꺼냈다. 노트를 트렁크에서 꺼낸
건, 실은 혼자 일본 나오시마 섬을 여행 중이었기 때문이었다.
노트를 펼치고 메모를 뒤적이는데, 「고추 꽃 피었네」란 시 제
목이 눈에 들어오면서 문득 낮에 본 나팔꽃이 떠올랐다. 나
팔꽃은 내가 어렸을 때 참 좋아했던 꽃이었다. 그런데 서울에
서는 보기 힘들어진 그 꽃을 이 섬에 와서 자주 봤다. 더욱이
지난 2월에 왔을 때에도 분명 동네 언덕 입구의 한 집 담벼락
에 활짝 피어 있었던 것 같은 청보라색 나팔꽃이 이 가을에도

여전히 그대로 '활짝'이었다. 그래서 한참동안을 그 담벼락 앞에서 나팔꽃이 일년 내내 피는 꽃이었던가, 아니 꽃 중에 일년 내내 피는 꽃이 있던가, 어려운 생물시험문제를 앞에 둔 중학생 같은 표정을 짓다가 걸음을 돌려서 온종일 마을의 또 다른 골목길이며 바닷가와 미술관을 쏘다녔었고, 어둑할 무렵 돌아와 밤 1시가 넘어서야 잠들었었다. 그러다 깼으니 한 시간도 채 못 잔 셈이다. 그 한 시간도 안 되는 잠에 그녀가 나타났으니 그녀든 내 쪽이든 급하긴 어지간히 급했던 것이리라. 그러고 보니 꿈에서 본 그녀의 모습도 남의 나라에서 추억하는 어린 시절의 내 동네 나팔꽃이나 "거기, 볕 잘 드는 공중 남새밭에/조선 고추 들깨 상추 부추 쪽파가/이 악물고 뿌리내리고 있는"(「고추 꽃 피었네」) 어느 미국 아파트 베란다의 화분을 닮았었다.

노트를 뒤적거리다 내다보니 게스트하우스의 창밖 어둠속으로 나무들이 어렴풋이 눈에 들어온다. 2층 침대가 두 개 있는 4인실이지만 오늘 이 방의 투숙객은 나 혼자다. 그래서 새벽에도 맘대로 불을 켜고 이렇게 노트를 펼칠 수도 있다. 옆방들에는 투숙객이 있는데 시간 탓인지 아무도 없는 것처럼 한없이 고요하다. 그 고요가 너무 짙어서 약간 무서울 정도다.

그러나 차츰 그 고요와 무서움을 뚫고 '어떤 소리'가 들려온다. 바로 나로 하여금 그녀가 거의 삼십 년 만에 내는 두 번째 시집의 발문 부탁에 응하도록 한 '소리'다. 그녀나 출판사 측에서는 내가 미국 생활 수십 년째인 그녀와의 친분 때문에 발문을 쓰는 거라고 생각하겠지만—나는 처음에 그녀에게 평

론가의 해설을 받는 게 나을 거라고 발문 부탁을 극구 사양했었다—사실 나는 수십 년 전 그녀로부터 거저 얻었던 '어떤 소리'에 대한 빚을 갚기 위해 발문 부탁에 응했던 것이다. 돌아보면 너무나 늦게 갚는 빚이긴 하다.

정확하게는 기억이 안 나지만 아마 이십대 후반쯤이었을 거다. 시인들과 어울리다가 경북 청도의 시인인 그녀와도 인사를 나누게 됐다. 그리고 둘이 가끔 청춘의 부질없고 하릴없는 나날들에 대한 절망적인 제스처가 담긴 편지를 주고받거나 하다가 급기야는 청도에 있는 그녀의 집에 놀러까지 가게 됐다. 커피를 한 모금도 못 마시는 비예술적인 분위기의 나에 비해 커피를 입에 달고 사는 그녀를 위해 커피를 사들고 갔던 것으로 기억된다. 그리고 그녀의 엄청난 환대 속에서 활활 불타고 있는 운문산의 단풍과 운문사를 돌아봤던 것 같다. 여기까지는 기억이 들쭉날쭉이지만 어쨌든 밤에 뒷마당에 면한 그녀의 작은 방에서 잠을 청했던 것만은 또렷하다.

그런데 낯선 곳에서는 잠을 잘 못자는 습관 때문에 조금 뒤척이던 중이었던가. 갑자기 뒷마당에서 바윗돌 굴러 떨어지는 것 같은 굉음이 들렸다. 한 번도 아니고 계속이었다. 이대로라면 곧 집이 무너지고 나도 그 밑에 깔려 헤어나지 못할 것 같은 소리들이었다.

그런데 곧 알았다. 그 소리는 캄캄한 뒷마당의 감나무에서나는 소리였다. 감잎 떨어지는 소리였던 것이다. 속에서 아아, 감탄사가 솟구쳤다. 지붕이 무너지고 벽이 흔들리는 것 같은 소리가 늦가을 감잎 떨어지는 소리였다니. 감잎 떨어지는 소리가 저렇게나 크고 대단했다니. 충격이었다. 나는 말더듬증이나 실어증에 걸린 듯 어둠 속에서 계속 감잎에…… 떨어지는 감잎에…… 늦가을 떨어지는 감잎 무게에 무너지는…… 감잎에 무너지는 집이라니…… 그런 집에 깔려 헤어나지 못하는 밤이라니…… 혼자 속으로 계속 말을 더듬고 말을 잇지 못했다. 이런 엄청난 시적 자원 내지 자극제를 평생 머리맡에 두고 살아왔고, 살아갈 시인이라니…… 얼마나 위대한 시적 환경인가…… 강시인은 좋겠다…… 나는 어둠속에서 계속 감탄하며 그녀를 부러워했다. 시골이라면 아무리 서정적인 곳이어도 가끔 놀러가는 건 몰라도 아예 가서 살 마음은 조금도 없던 내 거주관마저 순식간에 뒤흔드는 감탄이고 부러움이었다. 급기야 당장 최고조의 서정적인 감각에 빛나는 시 몇 편을 그대로 써낼 수 있을 것 같은 의욕과 자신감이 낮에 본 운문산의 단풍처럼 마음속으로 활활 타올랐다. 바로 그것이 내가 그녀와 그녀의 집에서 공짜로 얻어온 '소리빚'이었다. 그 '소리빚'을 나는 그 후로 지금까지도 가끔 심장을 울리고, 집을 뒤흔들며, 시를 불러대는 어떤 강력한 서정의 도구로 쓰기도 한다. 그러니 언제고 한번은 이자까지 쳐서 갚아야하는 빚인데 그녀의 몇십 년 만의 시집에 붙이는 헤설픈 발문이나마 그 빚 해소의 기회가 되기를 바래 청탁에 응했던 것이다.

그런데 내게 그렇게 시골 고향집의 감잎 떨어지는 소리로 충격적인 서정성을 환기시켰던 그녀는 정작 그 몇 년 후에 그 집,

그 고향은 물론 아예 한국을 떠나게 됐다고 통보해왔다. 제나라 언어를 떠나기 힘든 시인이 모국을 완전히 떠나는 삶의 전적인 이동을 결단하는 건 어떤 의미일까. 의아하고 궁금하면서도 나는 왠지 송별회 자리에서조차 그 타국으로의 완전한 이동을 전혀 실감하지 못했다. 그녀의 고향집 감나무를 연상시키는 지극히 한국적인 서정의 그녀의 시 때문이기도 했고, 경상도가 그녀에게 공로상이라도 주어야 하지 않을까 싶게 경상도 특유의 사투리와 억양을 너무나 감칠맛 나게 재치 있고도 재미있게 구사하는 경상도 최대 토박이로서의 그녀의 입담 때문이기도 했을 것이다. 말이 나왔으니 말이지만 그녀의 사투리에 실리는 뛰어난 유머감각과 입담은 정말이지 그녀와 함께 하는 모든 자리를 늘 너무나 즐겁게 만든다. 심지어 나는 지금도 구체적인 내용은 하나도 생각이 안 나는데도 오래 전 그녀가 "갱미 씨!", 하면서 들려줬던 그녀의 불문학 전공 내력이나 고등학교 체육시간에 혼났던 얘기 등을 떠올리면서 혼자 마구 웃곤 한다. 시 속에 번득이는 기지와 해학이 그녀의 입담에서 비롯되고, 그녀의 말에서 번득이는 유머와 재치가 시에서 비롯된다는 생각을 하면서다. 그러고 보니 그녀는 불문학도였다. 그러니 갑작스런 미국행도 그리 새삼스러운 일만은 아니었겠다. 그런데도 나는 그녀가 틀림없이 일이 년 만에 다시 한국에 나타날 줄 알았다. 그런 배후에는 '시'라는 모국어에 대한 끊을 수 없는 갈망이 있었을 거라고 내 멋대로 짐작을 했었다. 그게 아니라면, 오히려 시라면 모국이든 아니든 세상 어디서든 다 쓸 자신이 있다는 배짱 때문에 모국을 떠나는 것이리라는 짐작도 들었다. 하여간 부러운 배짱이었다.

하지만 그녀는 일이 년은커녕 십 년, 이십 년이 되어도 돌아오지 않았다. 세상 어디에 가서 살아도 절대 그 손을 놓지 않고 놓지 못할 것 같던 시도 외면하고 사는 듯했다. 사실 때론 몇 년씩 서로 안부소식조차 건너뛸 때도 있었다. 삼십 년 가까운 시간동안 직접 얼굴을 본 것도 미국에서 한 번, 한국에서 한두 번뿐이었고, 그나마도 식사 한 번 하는 정도의 가벼운 시간만을 가질 수 있을 뿐이었다. 더욱이 내게는 친구나 지인 관계를 공고히 지속하는 소질도, 관심도 거의 없는 편이다. 그러니 시인으로서 만나고 가까워졌었다는 사실은 그녀에게나 나에게나 어느덧 까맣게 잊혀져가고 있었다.

그런데 어느 날 불쑥 그녀에게서 오랜 숙고의 흔적이 느껴지는 문자와 전화가 왔다. 시 써놓은 게 한 권 분량을 훨씬 넘는다고 시집을 내고 싶다는 전화였다.

당연하겠지만 그녀의 이번 시집에는 우선 고국을 떠나 미국이라는 낯선 나라에 뿌리 내린 자들의 단어, "호모 코메리카니쿠스"며 "디아스포라" "보헤미안" "유배" 같은 단어들이 커다란 한축을 이룬다.

디아스포라, 를 나는
아슴포레 사라지는 것들 붙들 수 없어, 그저
아! 슬포라!

한숨짓는 탄식으로 독해한다

- 「귀가」 부분


끝으로 호모 아시아메리카니쿠스 계에서 호모 코메리카니쿠스를 구분해 낼 수 있는 확실하고 간단한 방법 하나, 허기질 무렵에 사용하면 매우 효과적이라는 힌트와 함께 소개하자면, 빵+샐러드+미디움 던 스테이크 세트와 라이스+붉은 김치+부글부글 끓는 된장스튜 세트 메뉴를 줘보라는 것임

- 「호모 코메리카니쿠스, 그들은」 부분


이곳을 우리는
우정과 사랑, 자유와 정의의 도시라고
프렌들리하게 소개하는 나이스한 버릇이 있다
이 좋은 곳을


떠날 날만 꼽고 있는 이
들어올 날만 꼽고 있는 이
꿈에 볼까 두렵다는 이

- 「필라델피아」 부분


가는 데까지 걸어가려 하는 것은
이 유배의 땅 끝을 보려함이 아니라

- 「자목련 질 때, 융자」 부분


모국을 영원히 떠나려는 시인의 마음이 의아하고 궁금했던

것과는 모순되게 나는 한편으로는 자유로운 정신이 근간인 예술가에게 낯선 타국에서의 삶이란 게 뭘 그리 황량하거나 허전할까, 더욱이 한없이 상투적으로 끈질기게 일상과 시에 달라붙는 제 나라 언어로부터 멀리 있을 수 있는 그 황량한 쓸쓸함과, 무엇으로도 메꿔지지 않는 허전과 공허가 오히려 더 큰 시적 자양분일 수도 있을 텐데, 하는 태평한 생각도 한다. 실제로 나로선 나라 밖으로 여행을 떠나는 첫 번째 이유가 너무 익숙해서 갑자기 환멸스러워지는 '평생의 언어 즉 모국어 즉 한국어'로부터 잠시 좀 비켜나있기 위한 것일 때도 많다. 하지만 그런 시도도 결국은 언어에 예민한 시인으로서 시의 가장 큰 매개체인 언어, 외국어가 아닌 제 언어, 그러니까 한국 시인으로선 한국어로 새롭게 돌아오기 위한 잠깐의 시적인 일탈일 뿐이다. 돌아옴이 예약된 잠시의 언어적 도피인 것이다. 그런 잠시의 배부른 도피나 일탈로서가 아닌 영원한 이주로서의 모국어로부터의 소외나 소거는, 설사 그것이 스스로 선택한 것이라 해도 지속적인 고통이리란 걸 나는 그녀의 이번 시들을 읽으면서 새삼 재확인한다. 타국에 뿌리내린 시인들은, 특히 성인이 되어 타국으로 뿌리를 거둬 옮겨간 시인들은 원천적으로 아무리 능숙해져도 따라갈 수 없는 토박이들의 언어와 아무리 애써도 완전히 다 옮겨낼 수 없는 제나라 언어 사이의 아득한 답답함이라는 망망대해를 떠다니는 '언어 표류자'가 될 수밖에 없음을, 더불어 그 아득함이 언어만의 문제가 아니라 일상과 의식 전체를 물 위에 떠있게 하는 불안하고 불리하며 부정확한 생 전체의 표류와 유배감각으로까지 확대된다는 것

145

또한 실감하지 않을 수 없다.

　진국, 이라는 한국말 단 두 자 영어로 의역하면
　눈물 젖은 빵을 먹어 보지 않은 자는 인생을 논하지 말라, 쯤
　띄어 쓴 행간까지 합해 서른 자 정도 된다 해도 무리 없으리라
　(……)
　내 모국어의 속 깊은 품은 언제나
　삶 앞에 진술 긴 나를 부끄럽게 하는

-「깊고 넉넉한」 부분

　"진국"이라는 "단 두 자"면 될 모국어를 "눈물 젖은 빵을 먹
어보지 않은 자는 인생을 논하지 말라, 쯤"의 "서른 자"나 되는
긴 "서양 금언"이나 "진술"로 바꿔 설명하는 일은 한 단어를
수십 배나 길게 애써 말하고도 아무 것도 제대로 말하지 못한
것 같은 허망한 답답함과 부끄러움이면서 동시에 인간이 인간
일 수 있는 것은 언어를 쓰기 때문이라는 인간 종족의 당연한
최저 기초자격 조차 갖추지 못한 듯한 '존재 부정이나 박탈'로
까지 나아가는 혹독함이 되기도 하는 것이다.

　그런 고통스럽고 절망적인 디아스포라의 감정을 극복하기
위해서 누군가는 결국 다시 고국으로 귀환하기도 한다. 하지
만 단지 '디아스포라 적 느낌'을 해소하기 위해 정리하기에는
이미 또 다른 방식으로 뿌리내려버린 관계며 일상은 또 얼마
나 크고 굳고 무서운가. 단지 언어 하나만을 보고 모든 것을

재 이동시키기에 언어는 일상에 비해 막상 또 얼마나 사소하고 무력하며 무관한가. (영어 하나만을 위해 혀 수술까지 하고 미국을 찾는 이들이 있다지만.) 더욱이 나이와 세월의 감가상각을 생각하면 되돌아오는 것은 떠날 때보다 더 힘들고 어려운 장애물들이 많기 마련이다.

그녀의 이번 시집의 또 한 축을 이루는 것은 바로 고국과 고향과 모국어에 대한 끝없는 그리움들이다. "한국행 비행기 표 걸린 복권 추첨 때문에/눈 벌겋게 꿈뻑꿈뻑 졸며 앉아 기다리는 사람들"(「송년잔치, 1995」)처럼 그녀 또한 졸다가도, "필라델피아 낯선 병원서 애 낳고 기진해/찬물 한잔 마시고 빨간 내복 그리워 울며 돌아와 (……) 깨끼저고리 들기름냄새 한국서 온 새댁 전 부치던 옛집 (……) 이 길로 돌아나가 청도로 달려가면/더 먼 옛집 담장 능소화 웃음만이라도 보고 올 수 있을까?"(「폭우」) 아이를 낳다가도 감나무가 있던 고향으로, 모국으로 그녀는 달려온다. 지금의 주소지인 미국의 필라델피아보다 수십 년 전에 떠났던 한국의 고향 청도가 더 자주 등장하고 한국의 시골에 사는 그 어떤 시인보다 더 자주 한국 특유의 낡고 투박한 추억이나 사물이나 풍경과 토속어들을 불러낼 정도다.

밤
이슥해서나 옛집 마당에서 돌리던 활동영화 말이여
유랑극단 단장이 사랑 앞에 엎드려 간청했지

— 「한국영화」 부분

니캉 내캉 항꾼에

–「아침 미사」 부분

밭에서 낭 거는 뎅장에 물에서 낭 거는 미르치젓에 찍어묵는 법이제
(……)
조선간장에 담근 게장 쭉쭉 빨아
먹어도 먹어도 허기진
이민(移民)은 기민(飢民)

니 허기져서 안 왔더나? 부끄러버 할 꺼 없다, 그저
'마이 묵어라'

–「신토불이」 부분

왕소금에 절인 못난이 메주의 피눈물

–「깊고 넉넉한」 부분

언젠가의 통화에서 그녀는 직장에 싸가는 점심도시락도 꼭
한국음식이라고 했다. 그런 그녀가 퇴근 후에 "뜨물 비치지 않
을 때까지 쌀 씻어내 밥 안치고, 조림 양념 졸아들기 기다"
(「틈」)리는 모습은 옆집의 그것처럼 자연스럽고 익숙하다. 그
런 그녀가 주말과 휴일을 모두 바쳐가면서 한국학교를 꾸려
나가는 건 거의 한국과 한국인에 대한 사명의식의 발로 같다.

일주일에 고작

세 시간 하는 우리, 토요일 한국학교

빠진 이처럼 많은 결석

띄어쓰기 다 틀린 작문 같이  많은 지각

*"썽생님, 소쩍새가 모 하는 거야?"*

— 「토요일 한국학교」 부분

하지만 그녀는 그 무엇보다도 앞서, 그리고 그 모든 것의 가장 끝까지 '시인'이다. 오랜 세월 동안 시를 잊은 척했지만 그녀는 한 순간도 시를 잊지 않았던 거다.


몸이 정신을 끌어당기던 날이다

좀 쉬게 해달라고 징징대던 날이다

너는 누구냐, 정색하고 묻던 날이다

나도 궁금해 구글에다

'강남옥'이라 쳐봤던 날이다

시인, 이라고 떴던 날이다

이 시인에 대한 정보가 없다, 고 떴던 날이다 거 보라고

너는 어디에도 없지 않냐고

정신이 몸 눈깔 앞에 비웃음 물고

삿대질 하던 날이다

염불이라 치자, 눈 감고 듣자, 하다 터진 날이다

그게 뭐 대수냐, 나 여기 이렇게 서 있는 것

안 보이냐, 내 가슴 내가 치며 대들던 날이다 대들다가

픽!

진짜 쓰러졌던 날이다

안개 자욱한 골싸기에서 손나팔 만들어 복이 터져라

내 이름 불렀던 날이다

아무도 대답해 주지 않아 어둔 계곡

혼자 내려오던 날이다

그 계곡 어디쯤 있는 곳인지 당최

생각나지 않던 날이다

– 「어디쯤」 전문

시인에게 시를 쓰지 않거나 쓰지 못하는 시간은 자기 존재성을 스스로 무화시키는 것 같은 절망적인 시간들이다. 반면에 분명 아직도 쓰고 있고, 여전히 쓸 수 있으며, 쓸 예정인데 전 지구적인 정보 제공 사이트인 구글 같은 데에서 시인인 자신에 대한 그 어떤 것도 확인할 수 없을 때의 절망은 존재 자체를 완전히 부정당하는 것 같은, 극단적으로 표현하면 거의 타살 당하는 기분이다. 그러니 어느 날 구글로 자기 이름을 쳐봤던 그녀가 행방불명의 자신을 향해 "너는 어디에도 없지 않냐고" 스스로를 향해 "비웃음 물고/삿대질"을 가하는 것은 당연한 반응이다. 그런데 그 비웃음과 삿대질은 뒤집으면 곧 그녀가 그동안 분명 시를 '아직도 쓰고 있었으며, 여전히 쓸 수 있다고 생각했으며, 앞으로도 계속 쓸 예정이었다.'는 강력한 증거다. 바보같이 구글만 그걸 몰랐을 뿐이다. 그러니 바보 같은 인터넷 검색사이트 따위일랑 무시하면 된다. 검색사이트 때문에 우리가 시를 쓰는 건 아닐 테니까.

그리고 생각해보면 시인은 누구나 다 디아스포라고 보헤미안이다. 시는 근본적으로 언제고 일상 언어와 비일상 언어의 간극을 표류하기 마련이니까. 표류하다 가끔은 한겨울 바닷물에 발이 빠지기도 하고 봄날의 바닷가를 유유히 걷기도 할 뿐인 거니까. 아니, 시인만이 아니다. 비행기에서 생명체의 관점으로 보면 세상은 육지가 있고 그 사이 사이에 바다가 있는 붙박이 중심의 구성체가 아니라 흐르는 거대한 망망대해 사이에 약간의 땅들이 조금씩 떠다니고 있는 표류 중심의 불안한 구성체이다. 그런 표류 위에서 한정된 생을 살다 가는 모든 인간 역시 누구나 어디에서 어떻게 살든 근원적으로 떠도는 존재들, 누구나 다 '호모 디아스포라'이고 '호모 보헤미안'이 아닐 수 없다. 따라서 그녀의 시들에 담긴 디아스포라와 유배가 타국에 사는 시인의 경험담만으로 읽히지 않기를. 무엇보다 이제부터는 그녀가 다시 또 몇십 년 만에 시집을 내는 지나치게 신중한 시인이 아닌, '늘 시를 써왔듯이 앞으로도 계속 시를 쓰면서' 좀 더 자주 시집을 내는 시인이기를. 그래서 바보 같은 구글이지만 그곳에 그녀의 이름을 치면 그녀가 시인으로 존재한다는 걸 확인할 수 있게 되기를 진심으로 바란다.

시인 **강남옥**

1959년 경북 청도에서 태어나 효성여대 불문학과를 졸업했다. 1988년 매일신문 신춘문예에 시 「가이역에 내려」가 당선되었으며 박기영, 안도현, 장정일 등과 함께 '국시' 동인으로 활동했다. 1989년 첫 시집 『살과 피』(열음사)를 출간했으며 1990년 미국 필라델피아로 이주하여 지금까지 그곳에서 살고 있다. 미주 동아일보 기자를 거쳐 현재는 미국 통신회사에서 일하는 한편, 1994년부터 주말 한국학교에서 한국계 차세대와 현지인들에게 한국어를 가르치고 있다. 이 시집에 실린 55편의 시 가운데 52편은 미 발표작이다.

**모악시인선 9**

토요일 한국학교

1판 1쇄 펴낸 날 2017년 12월 11일
1판 2쇄 펴낸 날 2018년 12월 7일

**지 은 이**   강남옥
**펴 낸 이**   김완준
**펴 낸 곳**   모악
**기획위원**   문태준, 손택수, 박성우
**디 자 인**   제현주
**출판등록**   2016년 1월 21일 제 2016-000004호
**주    소**   전북 전주시 덕진구 기린대로 418 전북일보사 5층 (우)54931
**전    화**   063-276-8601
**팩    스**   063-276-8602
**이 메 일**   moakbooks@daum.net
**I S B N**   979-11-88071-08-1 03810

* 이 도서의 국립중앙도서관 출판예정도서목록(CIP)은 서지정보유통지원시스템 홈페이지(http://seoji.nl.go.kr)와 국가자료공동목록시스템(http://www.nl.go.kr/kolisnet)에서 이용하실 수 있습니다.(CIP제어번호:CIP2017030758)

* 이 책의 내용을 재사용하려면 지은이와 모악의 서면 동의를 받아야 합니다.

값 8,000원